범우문고 145

북학의

박제가 지음 / 김승일 옮김

범우사

차례

이 책을 읽는 분에게

　우리가 고전을 읽는 의의는, 각 시대 사람들의 당시
대를 보는 혜안, 그리고 그 혜안을 통해서 보여지는
당시대의 문제를 과감히 지적하고 또 그에 대한 자신
의 의견을 개진하여 해결토록 하려는 시대적 사명감
등을 파악하는 데 있다. 따라서 우리가 이러한 고전을
통해서 각 시대별 인물들이 어떻게 그 시대를 이해하
고 대처해 왔는가에 대해 관심을 갖게 된다면, 우리도
또한 자연히 그러한 혜안을 갖게 되고 자신의 시대에
대한 정확한 인식도 지닐 수 있을 것이다. 그러나 일
반적으로 독서하는 우리들의 자세는 이러한 시각과는
그 거리가 점점 더 멀어지고 있는 듯하여 안타깝기만
하다.
　이처럼 우리에게 많은 것을 느끼게 해주는 고전은
우리 나라에도 상당히 많이 있으며 《북학의》도 바로
그런 고전 중의 하나라고 할 수 있다. 그러나 다른 고
전과 달리 《북학의》가 갖는 중요한 의의는 바로 당시

의 실생활을 자세히 소개함으로써 그 시대 일반인들의 생활 모습을 명확히 알 수 있다는 데 있다. 이는 앞에서 말한 고전을 읽는 의의를 충분히 만끽할 수 있는 즐거움을 줄 수 있다는 말이기도 하다. 따라서 일반적인 딱딱한 고전과는 달리 지루함을 전혀 느끼지 않은 채 쉽게 읽어 내려갈 수 있게 된다.

우리 나라의 역사 교육은 주변 국가로부터의 피해 의식에서 벗어나고자 하는 국난 극복이 주류를 이루고 있기 때문에, 언제나 우리 중심의 역사 논리를 벗어나고 있지 못하다. 따라서 잘못하다가는 우리가 가장 위대한 민족인 양 생각하게 되어 맹목적으로 타민족을 증오 내지 경시하는 그릇된 역사관이 일반적으로 존재하게 될 수도 있다. 그러나 이러한 사고로써 오늘날과 같은 정보화·개방화 시대를 살아간다면 우리는 누구에게라도 따돌림당하기가 십상이다.

이제 《북학의》이 한 권의 책을 통해서 우리의 역사적 현실을 한번 되씹어 보고 우리 민족이 살아온 역사적 과정이 얼마나 모순적이고 불평부당하였는지를 알수 있게 될 것이다. 또 이 책을 읽었다고 한다면 이러한 느낌을 가져야만 될 것이다. 그만큼 이 책은 우리 민족의 진실을 되돌아보게 하는 거울과 같은 책이라고 할 수 있다.

《북학의》는 박제가가 진주사(陳奏使)의 일원으로서 청나라에 가 몇 개월간 머무르면서 느낀 바를 청나라와 조선 사회의 차이점을 비교하는 형식으로, 중국의 것을 거울삼아 우리 나라의 모순된 현실을 개혁해야 한다는 자신의 논리를 〈내외편(內外篇)〉으로 정리하여 만든 책이다. 그러나 당시의 고루한 사회 분위기에서 이 책의 주장이 너무 혁신적이었고, 또는 너무 중국병에 걸려 있다고 혹평될 것이 뻔했기 때문에, 저술된 후에는 공개되지 않고 몇몇 관심 있는 사람들끼리 나누어 보았다.

그러다가 정조 22년 농서(農書)를 구하는 윤음(綸音)이 내려지자 이때를 기해서 상소(上疏) 형식으로 바쳐 세상에 알려지게 되었다. 그러나 《북학의》의 〈내외편〉과 상소한 〈진북학의소(進北學議疏)〉와는 그 형식과 내용이 다르다. 왜냐하면 〈진북학의소〉는 주변인물들과 상의하여 보다 합리적인 내용으로 재편하여 올린데다가, 내외편 분량의 삼분의 일가량밖에 되지 않기 때문에 전체적인 대략의 의도는 알 수 있으나 박제가 자신의 전반적인 의도를 이해하는 데에는 좀 부족하다는 느낌이 든다.

따라서 이 책은 이러한 문제를 염두에 두고 〈내외편〉을 중심으로 엮은 것이다. 다만 문고본이라는 특성상 전량을 다 수록하지 못하고 극히 소량의 부분을 삭제하지 않을 수 없었는데, 이는 부득이한 사정으로 독자들의 양해를 구하고 싶다. 다만 전체적인 구성상 절대로 하자가 없는 범위에서 삭제를 했기 때문에 박제가의 사상이나 당시의 시대적 상황을 이해하는 데는 충분한 자료로서의 구실을 할 수 있을 것이라고 본다. 또 기존에 번역 출판된 《북학의》가 여러 권 있지만 대개가 〈진북학의소〉만을 번역한 것이다. 〈내외편〉과 〈진북학의소〉를 모두 번역한 것으로는 1971년 을유문고에서 발행한 《북학의》와 1994년에 한길사가 출판한 《북학의》가 있는데, 동일한 저자이므로 다른 점이라곤 한군데도 없다. 이들 책은 내용이 충실히 번역되어 믿을 만하나 한문투의 말이 너무 많아 요즘 우리들이 이해하기에는 어려움도 많고 읽어 가는 데 지루함이 없지 않다.

그래서 이 책에서는 《북학의》에서 의도하는 바를 아주 쉽게 이해할 수 있도록 현대적 감각에 맞게 새롭게 의역을 가해 누구나 읽기 쉽도록 하여, 부담없이 고전을 읽는 즐거움을 맛볼 수 있도록 하였다.

끝으로 바라고 싶은 것은 우리가 처한 현실이 우리가 생각한 것과는 항상 많은 면에서 차이가 있다는 것을 이해하고, 그 문제점이 무엇인가를 스스로 판단할 수 있도록 하여, 우리가 좀더 실질적이고 현실적인 삶의 질을 높일 수 있도록 나 자신을 되돌아볼 수 있는 지혜가 이 책에서 얻어지기를 바란다.

옮긴이

서 문

1

나는 어렸을 적에 고운 최치원(孤雲 崔致遠)[1]과 중봉 조헌(重峰 趙憲)[2]의 사람됨을 흠모하여 비록 시대는 다르지만, 말채찍을 휘둘러서라도 그분들의 시대를 따르고 싶은 바람이 있었다.

고운은 당나라에 건너가 진사(進士)가 되어 본국으로 돌아왔는데, 신라의 풍속을 변화시켜 중국과 같은 문명국으로 발전시킬 생각을 가지고 있었다. 그러나 때를 잘못 만나 가야산(伽倻山)에 숨어 살게 되었기에 그의 마지막 삶에 대해서는 잘 알 수가 없다.

중봉은 질정관(質正官)[3]으로 중국에 다녀왔는데 그가 지은 《동환봉사(東還封事)》는 아주 정성스럽게 지은 것으로 우리에게 가르침을 주는 것이 많다. 그는 다른 사람을 보고 자신을 깨우치려 했고, 남이 잘하는 것을 보면 그것을 따르려고 하였으니, 중국의 제도를 본받아 오랑캐의 풍속을 변화시키려고 노력하였다.

압록강 동쪽에서 천여 년 동안 이어온 이 조그만 나라를 변화시켜 중국과 같은 문명국에 이르게 하려던 사람은 오직 이 두 사람뿐이었다.

올 여름에 진주사(陳奏使)[4]가 청나라로 떠날 때 나도 청장 이덕무(靑莊 李德懋)[5]와 함께 따라갔었다. 덕분에 연주(燕州)와 계주(薊州) 지방을 돌아보고 오(吳)·촉(蜀)의 선비들과 교제할 수가 있었다. 수개월을 머물면서 듣지 못하던 것을 들을 수 있었고, 옛 습속이 아직 남아 있는 것을 보고 옛날 사람들이 나를 속이지 않았음에 감탄하였다.

그 습속 중에서 우리 나라에서 행하면 날마다 사용하기에 편리한 것을 글로 적고 그 행함의 이로움과 해로움을 덧붙여 설명하여, 《맹자(孟子)》에 나오는 진량(陳良)[6]의 이야기를 본받아 《북학의(北學議)》라 이름하였다.

비록 그 말들이 자질구레하여 소홀히 여기기 쉽고 번잡하여 행하기 어려움도 있으나, 옛 임금들도 백성을 가르칠 때에 집집마다 전하여서 깨우쳤던 것은 아니다.

그러나 절구를 한번 만들자 온 천하가 곡식의 껍질을 벗길 수 있게 되었고, 신을 한번 만들자 온 천하에 맨발로 다니는 자가 없게 되었다. 배와 수레를 한번 만들자 온 천하의 물건들이 험한 곳에 막혀서 유통되지 못함이 없게 되었으니 그 가르친 법이 얼마나 간편

하였던지 우리는 잘 알고 있다.

무릇 이용후생(利用厚生)[7]을 하는 데 하나라도 빠지면 위에서 베푼 올바른 덕〔正德〕[8]을 침해하는 까닭에, 공자는 "백성이 많아지면 부유하게 해주고, 부유해지면 가르쳐야 한다"고 했고, 관중(管仲)[9]은 "의식이 풍족해야 예절을 안다"고 하였다.

지금 민생이 날로 곤궁해지고 재용(財用 : 재물의 용도)이 날로 궁핍해지는데 사대부는 팔장만 낀 채 구원하지 않으려 하는 것인가? 아니면 옛 것에만 의존하여 편안하게 지내다 보니 이를 모르는 것인가?

주자(朱子)가 학문을 논할 때 "이렇게 하여 병이 되면, 이렇게 하지 않으면 약이 된다"고 하였다. 진실로 병에 대해 잘 알고 있으면 약은 곧 쓸 수 있는 것이다. 그러므로 오늘날의 병이 되는 것의 원인에 더욱 주의를 기울여야 할 것이다. 비록 그 말이 지금 시행되지 않는다 해도 그 마음만은 후세를 속여서는 안 되는 것이다. 이것이 또한 고운과 중봉의 뜻이다.

정조(正祖) 2년(1778) 9월 그믐, 비 오는 날 위항도인(葦杭道人 : 박제가의 호)이 통진(通津) 시골집에서 쓰다.

❋

1) 최치원 : 신라시대의 학자. 당나라에 유학을 했고, 어사(御使) 벼슬을 지냈음. 황소(黃巢)의 난이 일어나자 고병(高騈)의 종사관(從事官)으로 종군하면서 지은 《토황소격문(討黃巢檄文)》은 중국에서도

아주 유명한 문장으로 알려짐.

2) 조헌 : 임진왜란 때 의병을 일으켰다가 금산(錦山)에서 전사했음. 저서로 《중봉집(重峰集)》과 《동환봉사(東還封事)》가 있음.

3) 질정관 : 글의 음운(音韻)이나 사물에 의심나는 것이 있으면 중국에 가서 질문하여 알아 오는 임시 벼슬로, 사신이 갈 때 따라갔음.

4) 진주사 : 주청사(奏請使)라고도 하는데, 이는 동지사(冬至使) 이외에 중국에 상주(上奏)를 올릴 때 보내던 사신을 말함.

5) 이덕무 : 영·정조 때의 학자. 북경에 가서 그곳 학자들과 교류하면서 학문을 닦음. 저서로 《청장관전서(靑莊館全書)》가 있음.

6) 진량 : 초(楚)나라 사람으로, 주공(周公)과 중니(仲尼)의 도를 좋아하여 북방으로 와서 배웠음. 《맹자》〈등문공편(滕文公篇)〉상(上)에 나옴.

7) 이용후생 : 백성이 사용하는 기구 따위를 편리하게 하고, 의식을 풍부하게 하여 생활을 윤택하게 함.

8) 정덕 : 올바른 덕이라는 뜻으로, 《서경(書經)》〈대우모편(大禹謨篇)〉에 나오는 말임.

9) 관중 : 중국 춘추시대의 사람으로, 제(齊)나라 환공(桓公) 때 정승을 지냄. 그는 물화(物貨)를 유통토록 하고 재물을 축적하여 부국강병책을 실시함. 저서로는 《관자(管子)》가 전함.

2

학문하는 길에는 방법이 따로 없다. 모르는 것이 있으면 길 가는 사람을 잡고서라도 물어 보는 것이 좋다.

비록 종이라 할지라도 나보다 글자 하나라도 많이 알면 그에게서 배우는 것이 도리이다.

자신이 남과 같지 않은 것을 부끄러워하여 자기보다 나은 사람에게 물어 보지 않으면, 이는 평생토록 답답하고 무식함의 속박 속에 자신을 가두어 두는 것과 같은 것이 된다.

순(舜) 임금은 밭을 갈고, 질그릇을 구우며 물고기를 잡는 것에서부터 임금이 되기까지 남이 잘하는 것을 배우지 않은 것이 없었다.

공자는 "나는 젊었을 때 천하게 지냈기 때문에 더러운 일에도 능한 것이 많다"고 하였다.

공자가 말한 그 더러운 일이란 것은 역시 밭을 갈고 질그릇을 굽고 물고기를 잡는 일 등을 말한다.

그러나 순 임금과 공자처럼 성스러움과 재주를 가진 사람일지라도 사물에 접한 다음에 재주를 배우기 시작하고, 일을 하게 되면서 도구를 만들려고 한다면, 아무리 날마다 힘을 다해 노력해도 부족할 것이며, 지혜에 있어서도 또한 막히는 데가 있었을 것이다.

그런 까닭에 순 임금과 공자가 성인이 된 것은 남에게 묻기를 좋아하고 잘 배우려 한 데에 있었던 것이다.

우리 나라 선비들은 세계의 한 구석에서 낳아진 존재이므로 선천적으로 한편으로 치우치는 기질을 타고 났다고 할 수 있다.

발로는 한 번도 중국 땅을 밟아 보지 못했고, 눈으로는 중국 사람을 보지도 못한 채, 나서 늙고 병들어 죽을 때까지 이 나라 영토를 떠날 기회가 없다.

학의 다리가 길고 까마귀의 날개가 검은 것처럼 각각 타고난 천성을 변화시키지 못한 채, 마치 우물 안 개구리나 나뭇가지 하나에만 둥우리를 트는 뱁새처럼 홀로 이 땅만을 지켜 왔던 것이다.

"예(禮)는 차라리 촌스러워야 한다"라고 말하고, 더러운 것이 검소한 것인 줄로만 안다. 소위 사, 농, 공, 상의 사민이라는 것은 이제 겨우 명목만 남아 있고, 이용후생해야 할 재원은 날로 궁핍해져만 가고 있다. 이는 다름이 아닌 학문의 도를 모르기 때문에 나타나는 현상이다.

장차 학문을 하려고 하면 중국을 배우지 않고서 어떻게 할 것인지 의구스럽기만 하다.

이런 점을 말하면 식자들은 "지금 중국을 지배하는 자들은 오랑캐들이니 그것을 배우는 것은 부끄러운 일이다"라고 하면서 중국의 옛 제도까지도 더럽게 여긴다.

지금 중국 사람들은 깎은 머리에다 옷깃을 왼쪽으로 여미는 오랑캐 풍습을 하고 있지만, 그들이 차지하고 있는 땅은 하(夏), 은(殷), 주(周) 3대 이래 한(漢), 당(唐), 송(宋), 명(明)을 거친 중화(中華)가 아닌가 말이다.

또 그 땅에서 태어난 자는 3대 이래로 한·당·송·명의 옛 법이 그대로 남아 있지 않는가 말이다. 진실로 법이 좋고 제도가 아름다우려면 즉 아무리 오랑캐라 할지라도 진실로 스승으로 삼아야 한다. 하물며 그 규모의 크고 넓음과 마음가짐의 정하고 치밀함과 모든 제작(制作)의 크고 원대한 것과 문장의 빛나고 혁혁함이 아직도 3대 이래로 한·당·송·명의 옛 법이 남아 있음에랴?

내 것을 가지고 그들과 비교한다면 사실이지 한치도 나은 것이 없는데, 한움큼의 상투머리를 해가지고 스스로 천하에서 제일인 체하며 "지금의 중국은 옛날의 중국이 아니다"라고 하여, 그들의 산천을 비리고 노린 내난다고 탓하고, 그들 백성은 개나 양 같다고 욕지거리나 해대며, 그들의 언어는 주리(侏離)[1]라고 함부로 업신여겨서 중국 고유의 좋은 법과 아름다운 제도마저도 동시에 배척하려 드니, 그렇다면 장차 어느 나라를 본받아서 발전해 나가려 하는 것인지 알 수가 없다.

내가 중국에서 돌아오자 초정(楚停 : 박제가의 호)이 자신이 지은 《북학의》〈내외편〉을 보여 주었다.

초정은 나보다 먼저 중국에 다녀온 사람이다. 그는 농잠·축목·성곽·궁실·배와 수레 심지어는 대자리·붓·자(尺) 등의 제도에 이르기까지 눈으로 세밀히 관찰하고 마음속으로 헤아리지 않은 것이 없다.

눈으로 보지 못하는 것이 있으면 반드시 남에게 물어 보고, 마음속으로 자세히 알 수 없는 것이 있으면 반드시 남에게 배워 왔던 것이다.

내가 이 책을 펴보니 나의 《일록(日綠)》[2]과 조금도 다른 것이 없어, 마치 같은 사람이 쓴 것이 아닌가 의심스러울 정도였다.

나는 하도 기뻐서 사흘 동안을 읽었으나 조금도 지

루함을 못 느꼈다.

그렇다면 그래 이것들을 우리 두 사람이 직접 가서 보고서야 비로소 알게 됐단 말인가? 아니다. 그런 것이 아니고, 이들 문제는 바로 우리가 비 오는 지붕 밑에서, 눈 내리는 처마 밑에서 연구하고, 술을 데우며, 등잔의 불똥을 따면서 손바닥을 치면서 이야기했던 것들이다.

여기다가 다시 직접 눈으로 경험했을 뿐이다. 그러나 이것을 일일이 남에게 말할 수는 없는 것이고, 또 설령 말한다 해도 사람들은 믿지 않을 것이다. 따라서 그들이 믿지 않는다는 것은 우리를 미워한다는 말이니, 그 미워하는 기질이 바로 한 편으로 치우쳐 있다는 사실을 말해 주는 것이며, 이를 믿지 않으려는 마음의 시초는 중국 산천을 탓하는 데에 있다고 할 수밖에 없을 것이다.

신축(辛丑) 중양절(重陽節)에 연암(燕岩) 박지원(朴趾源)[3] 씀.

❊

1) 주리 : 서융(西戎)의 풍류 이름을 말하나, 오랑캐들의 언어를 지칭하기도 함. 여기서는 해독하기 어려운 외국어를 천하게 여겨서 이르는 말.
2) 《일록》: 《열하일기(熱河日記)》를 이름.
3) 박지원 : 호는 연암. 영·정조 시대의 사람. 소위 북학파(北學派)의 영수로 진하사(進賀使)를 따라 중국에 가서 그들의 문물을 보고 와

서 쓴 《열하일기》를 남김.

3

성곽(城郭), 실려(室廬 : 보통사람들이 사는 허술한 집),
거여(車輿 : 타고 다니는 수레), 기용(器用 : 평상시 사용하
는 기구)에는 자연의 조화가 있다.

그 조화에 맞추어 만든다면 견고하고 완전하여 오래
갈 것이고, 잘못하면 아침에 만든 것이 저녁에 해어져
서 백성과 나라를 해롭게 하는 것이 많을진대, 지금
우리 나라의 것들이 바로 그러하다.

《주례(周禮)》를 보면 길 넓이에도 법이 있고, 당(堂 :
집무를 하는 비교적 큰 집)의 크기에도 자수(尺數)가 있
다고 했다. 수레바퀴는 바퀴살의 둘레보다 세곱을 하
게 되면 수렁에 빠지지 않을 것이고, 지붕을 잇는 것
과 경사를 곱으로 하면 낙숫물이 쉽게 흐른다고 했다.
또 금과 주석을 제련하는 것과 가죽을 부드럽게 하거
나 딱딱하게 하는 것, 실을 부드럽게 하는 일, 옻칠하
는 일에 이르기까지 자세하고 폭넓게 기록해 놓았다.

이것을 보더라도 성인들의 식견이 넓고 크고 자세하
며, 우주 만물의 조화를 포괄적으로 이해하여 모든 것
이 그 극치에 이르고 있음을 알 수 있다. 어찌 이러한
것들을 과소 평가하여 버리려 하는지 모르겠다.

한(漢)나라 이후부터는 선비들이 우주 만물의 조화

를 제대로 터득치 못하고 다만 "이것은 백공(百工 : 온
갖 부류의 장인)들이 할 일이다"라고 하여 당시의 제도
를 기록하는 책에 그 대강의 것만을 기록해 두었을 뿐
이다.

그러나 중국에는 각 업무에 대한 전문직이 있어,
스승되는 사람이 모든 기술을 전수해 왔다. 또 사방에
서 재주와 지혜가 있는 사람들이 그 자질에 따라서 각
각 그 기술의 최고에 이르고 있었으며, 또 서로가 이
것을 전하고 이어받아서 성곽, 실려, 거여, 기용에 성
인의 법제를 어긴 것이 없다.

그러므로 정밀하고 견고해서 재물을 축내거나 백성
들을 해롭게 할 염려가 없는 것이다. 그러나 우리 나
라는 그렇지 못하고 있다.

모든 산과 물의 이로움을 성곽, 실려, 거여, 기용이
부서지고 무너진 곳을 보수하는 비용으로 소비하고 있
는 것이다.

그리고 그 비용이 부족하게 되면 "우리 나라는 가난
한 나라이다"라고 탓하기만 한다. 그렇다면 정말 우리
나라는 가난한 나라인가? 이는 모든 제도에 그 법제를
적법하게 운용하지 못해서 나타나는 현상이 아닌가 생
각된다.

차수(次修) 박제가는 기이한 선비라고 할 수 있다.
무술년(戊戌年)에 진주사를 따라 중국에 갔다가 그곳의
성곽, 실려, 거여, 기용을 골고루 보고는 탄식했다.

"이것이 바로 명나라의 제도이구나! 명나라의 제도란 곧 《주례》의 제도로구나!"라고 말하면서 그는 우리나라에서 실행할 만한 것을 만나기만 하면 이를 자세히 보고 낱낱이 기록하였다.

혹 자기가 터득하기 어려운 것이 있으면 다시 딴 곳으로 널리 알아보아서 의심나는 점을 알고야 말았다.

그는 돌아오자마자 이런 것들을 적어서 《북학의》〈내외편〉을 지었다. 그 법제들을 기록한 것이 자세하고 주밀하여 아주 명확하고 뜻이 쉽게 통했다.

또 거기에다 동료들의 논설까지도 붙여 놓았으니 이 책을 한번 읽고 나면 능히 이를 실행에 옮길 수가 있을 것이다. 그 마음씀이 어찌 그렇게도 열심이고 간절한지 감탄스럽기까지 하다.

차수여! 수고했네.

방금 성상께서 여러 가지 법제에 대한 서적 한 권을 편집해서 이 나라의 법서로 집대성하려고 하시고 있다.

주공이 《주례》를 만들던 예에 따라 먼저 6조(曹)[1]의 모든 관원들에게 각각 그 직에서 하는 일들을 기록하도록 명하여 법서를 하나 만들려고 하시는데, 차수의 이 글이 바로 그때에 채용되지 않을까 한다.

하늘이 장차 바람을 불게 하려고 하면 솔개가 먼저 휘파람을 불어 대고, 비를 내리려 하면 개미가 먼저 둔덕을 만드는 법이다.

이 글이 채용되고 안 되고는 알 수가 없으나, 우리

나라의 법서가 만들어지기 전에 차수가 쓴 이 글은 솔개가 휘파람을 불듯, 개미가 둔덕을 쌓듯이 먼저 쓰게 된 것이 아닌가 한다.

그런 까닭에 나는 내 마음에 느낀 바를 책머리에 적어 책 주인에게 돌려보내는 것이다.

임인년(壬寅年) 늦가을에 보만재(保晩齋) 서명응(徐命膺)[2] 군수(君受)가 쓰다.

❊

1) 육조 : 고려 말에서 조선시대에 걸쳐 주요 국무를 처리한 여섯 개의 관부를 말하는데, 곧 이, 호, 예, 병, 형, 공 등 6개의 부서를 말함. 이는 고려시대의 6부와 임무상에서는 별 차이가 없으나 정치적 중요성은 훨씬 컸음.

2) 서명응 : 자는 군수(君受). 벼슬은 판중추부사(判中樞府使)를 거쳐, 봉조하(奉朝賀)에 이르렀고 북학파의 한사람으로 《역학계몽(易學啓蒙)》이라는 저서가 있음.

내편(內篇)

수레〔車〕

타는 수레는 바퀴가 구르도록 되어 있는데, 그 바닥에는 기와를 세로로 놓은 듯한 집을 만들어 놓았다.

짐을 싣는 수레는 굴대축〔軸〕이 회전토록 되어 있는데, 바퀴에 있는 바퀴살〔輻〕은 마치 입(卄)자 모양과 같아 보인다. 수레의 바닥과 굴대축이 맞닿는 곳에는 함철(含鐵)을 끼워 놓았는데, 함철은 마치 반달처럼 둥그스름하게 만들었다. 그리하여 짐 나르기를 마치면 함철을 뽑아 낼 수 있도록 하였다. 함철의 모양은 뒤편이 어금니 세 개가 연결되어 있는 형상이다. 위는 넓고 끝은 뾰족하여 마치 관(棺)을 들 때의 고름과 비슷한 모양인데, 옆으로 끼우면 빠지지 않게 되어 있다.

타는 수레는 태평거(太平車)라고도 부른다. 바퀴의 높이는 가슴에 닿을 정도이고, 그 재료는 대추나무를 다듬어서 만들었으며 쇠로써 바깥선을 둘러댄다.

또 작은 버섯과 같은 쇠못으로 바퀴 겉둘레를 박은 것은 맷돌처럼 부딪쳐서 쉽게 마멸되는 것을 예방하기 위한 것이다.

바닥에 있는 집의 크기는 사람이 누우면 정강이가 밖으로 나올 정도이나 앉아서 있을 경우에는 두 사람이 앉은 채로 문 쪽에 발[簾]을 드리울 수가 있을 정도로 넉넉하다.

장막의 재료는 보통 푸른 베를 사용하지만 때로는 비단을 쓰기도 한다. 여름에는 사방에 모두 발을 치지만 마음대로 걷어올릴 수 있도록 되어 있다.

장막 좌우에는 별도로 작은 창문 같은 네모난 구멍을 뚫어 밖을 볼 수 있게 하였는데 단추를 이용하여 열고 닫도록 하였다. 이들 창은 때로는 유리로 만들기도 하고, 혹은 채색을 입힌 대나무로 발을 만들어서 밖을 내다볼 수 있도록 하기도 했다.

수레 바닥 앞쪽에는 판자 하나를 가로로 깔아서 마부가 앉을 수 있게 하였다. 이곳에는 가끔 수레 안에 타고 있던 사람이 나와서 앉기도 하곤 한다. 한 마리의 노새나 나귀에게는 멍에를 씌우는데 멀리 갈 경우에는 말의 숫자를 더 늘리곤 한다.

수레 바닥 뒤편에도 한 사람이 걸터앉을 만한 면적이 있고 좌우로도 두 사람이 걸터앉을 수 있다. 어떤 때는 마부가 걸어가면서 말을 몰다가 진흙탕을 만나면

슬쩍 뛰어올라 걸터앉아서 지나가곤 한다. 수레 하나
로 능히 다섯 사람을 실어 나를 수 있다.

　짐 싣는 수레를 대거(大車)라고 하는데, 바퀴 높이는
태평거와 같으나 약간 두텁게 만든 것이 특징이다. 물
건을 다 실은 다음에는 위에다가 갈대 자리를 씌우는
데 이는 배〔船〕에다 지붕처럼 씌우는 뜸〔蓬〕과 같아서
그 안에 앉기도 하고 눕기도 한다. 보통 말 대여섯 필
에다 멍에를 씌우고 혹 남는 말이 있으면 수레 뒤편에
매어서 끌고 가다 간간이 바꿔 매게 하여 피로한 말을
쉬도록 하게 한다.

　마부는 손에 긴 낚싯줄 같은 채찍을 들고 꾀를 부리
거나 늑장부리는 말을 후려친다. 마부는 귀를 때리든
가 옆구리를 치든가 하며 마음대로 마차를 몰 수 있는
데 채찍 휘두르는 소리가 골짜기를 울릴 정도이다.

　수레 옆에는 요령(搖鈴)을 달았고, 말의 목에도 작은
방울을 많이 달아 딸랑거리면서 밤길을 조심스레 가도
록 하였다. 그런데 이들은 모두가 산서(山西) 지방의 장
사꾼들로서 관문(關門)을 지나가는 자들이 대부분이다.

　외바퀴 수레는 작은 장사꾼들이 많이 이용하는데,
바퀴는 쇠〔鐵〕로 감싸지 않았고 약간 작으면서 엷게 하
였다.

　수레 바닥은 앞쪽이 넓고 뒤쪽은 좁아서 겨드랑이에
끼고 달릴 수 있게 되었다. 바퀴의 반이 바닥 위로 올
라와 그 안쪽 모양이 마치 북〔鼓〕을 반쪽 낸 것과 같았

다. 이것은 진흙이 튀어오르는 것을 막기 위한 것이다.

바닥 좌우에는 활 같은 나무를 달아 놓았는데, 이는 짐을 실은 뒤 가운데에 끼워 묶어 난간처럼 되게 하기 위한 것이다. 또 '올(兀)'자와 같은 모양의 것을 뒤에 붙여 놓았는데, 이는 수레가 갈 때에는 항상 들려 있지만 쉴 때면 바퀴와 함께 내려져서 기울어지지 않게 하는 역할을 한다. 이 수레는 보통 한 사람이 뒤편에서 밀도록 되어 있지만, 짐이 무거우면 한 사람이 앞에서 당겨 닻줄을 끌어당기듯 하는데, 보통 말 두 마리가 끄는 힘과 맞먹는다고 한다. 일찍이 부인(婦人) 네 사람이 좌우에 앉아 가는 것을 보았고, 또 물을 동서로 각각 여섯 통씩 싣고 가는 것도 보았다.

돛을 달아 바람을 받으면서 가는 것도 보았는데, 이는 배의 돛과 같은 구실을 하는 것이라고 생각되었다. 중국의 서울인 연경(燕京)에는 대낮에도 수레바퀴 구르는 소리가 쿵쿵거리곤 하는데, 이 소리는 항상 천둥소리와 같았다.

거리를 유유히 걸어가고 있노라면 좌우에서 수레타기를 권하는 자가 무수히 많아, "야오 처 마(要車麿: 수레가 필요하지 않습니까)" 하고 손님을 끌곤 한다.

그들은 각각 수레를 멈추고 말에 멍에를 씌운 채로 기다리고 있다가, 돈을 받고 사람을 태우는데 값이 비싸고 싼 것은 수레와 말을 꾸민 장식 여하에 달렸다. 대개 10리 거리에 5,60전(錢)을 받는데, 두 사람이 함

께 탈 때는 삼분의 일 몫을 더 내야 한다. 우리 나라
돈으로 환산하면 서울에서 동교(東郊), 삼강(三江) 등
지로 간다 하더라도 3, 40문(文)은 넘지 않을 것이다.
(나귀를 세를 내어 탈 때에는 10리에 10전을 받는데
중국 서울인 연경에는 워낙 사람이 많기 때문에 값이
비싼 편이다.)

수레 안에서는 책도 볼 수 있고 손님과 응대(應對)하
여 대화를 할 수도 있으므로, 이는 마치 "한 채의 움
직이는 집"이라고 할 수 있다.

나는 유리창(琉璃廠)[1] 서남쪽에서 무관(懋官:이덕무)
과 자주 수레를 탔다.

나는 또 국자감(國子監)·옹화궁(雍和宮)·태액지(太
液池)·문산묘(文山廟)·법장사탑(法藏寺塔) 등 사신들
이 유람하는 곳에도 가끔 사신들과 같은 수레에 타고
서 가보기도 했다.

수레는 천체(天體)를 본떠서 만든 것이라고 한다. 땅
바닥을 헤집고 다니면서 만물을 실어나르기 때문에 그
이익됨이 엄청나게 크다. 그럼에도 불구하고 우리 나
라에서 아직도 수레를 운행하지 않는 이유는 무슨 까
닭인가?

사람들은 "산천이 험하고 막힌 데가 많기 때문이라"
고 한다. 그러나 신라나 고려 이전에는 수레를 이용했
던 것 같다. 즉 당시에 검각(劍閣)·구절(九折)·태행
(太行)·양장(羊腸)[2] 등의 이름을 가진 수레의 명칭이

보이기 때문이다.

지금의 요동(遼東) 쪽은 모두가 산협(山峽)이라고 할 수 있다. 특히 마천령(摩天嶺)[3]이라는 고개가 있는데 높이가 이십 리이고, 청석령(青石嶺)은 고약한 돌들이 옆으로 내밀어져서 절벽(絕壁)을 이루고 있어 마치 우리 나라의 남한산성(南漢山城) 서문(西門) 밖과 같다.

말을 채찍질하면서 지나가려면 수레바퀴가 돌에 부딪쳐 벼랑이 무너지는 듯한 소리가 나지만, 그래도 말들은 조심스럽게 미끄러지지 않고 잘들 지나간다.

우리 나라 사람들도 이러한 모습을 모두 목격했을 것이다. 그러나 이 문제를 여기서 거론할 필요는 없는 것이고, 우리는 다만 수레가 통행할 만한 곳만 통행할 수 있도록 하면 될 것이다.

도(道)마다 각각 수레가 있고 주(州)마다 각각 수레가 있어 사용하다가 고갯길을 지나기가 어려운 곳에다가는 고개 반대편에 딴 수레를 대기시켜 놓는다면 아무런 걱정도 없을 것이다.

한 수레만 사용하여 천리, 만리 길을 간다는 것은 중국에서도 마찬가지로 드문 일이긴 하지만, 우리 나라에서 아무리 험하다 한들 촉(蜀) 땅 잔도(棧道)[4]와 같은 곳은 없지 않은가? 수레가 통행하기만 한다면 길은 저절로 만들어질 것이다.

아주 깊은 두메 산골에는 사람이 적을 것이므로 딴 지방 수레도 통행하는 것이 드물 것이지만, 다만 고을 안에서 농거(農車)라도 통행했으면 좋을 것 같다.

지금 함경도에는 자용거(自用車)가 있고 군문(軍門)에는 대거(大車)가 있으며 준천사(濬川司)[5]에는 사거(沙車)가 있다. 이것은 모두가 북방 몽고의 제도에서 따온 것이라 매우 조잡해서 우리 실정에 맞지 않는다.

대체로 수레를 너무 가볍게 만들면 그 받치는 힘이 짐을 감당하지 못할 것이다. 그러므로 할 수 없이 수레를 무겁게 만드는 것이다. 그러나 지금 수레는 그 무게가 너무나 무거워서 빈 수레로 간다 해도 소〔牛〕는 이미 지쳐 있다. 또 바닥과 두 바퀴 옆이 너무 벌어져서 빈 곳이 많기 때문에 실질적인 수레로서의 효율이 아주 적다.

그러나 대거(大車)에는 곡식 열다섯 섬을 싣고, 소 다섯 마리의 힘으로 운반하는데, 한 마리의 소나 말에 각각 두 섬씩 싣는 것과 비교하면 이는 삼분의 일 이상의 효율을 이미 얻는 셈이다.

그러니 우리가 이제라도 중국 수레의 제도를 본받는다면 얼마나 좋겠는가?

대체로 수레란 바퀴가 클수록 속력이 빠르다. 지금 우리가 쓰고 있는 살 없는 바퀴는 나무를 깎아서 둥글게 만든 것이고, 크기는 주발만하며 이것을 네 모퉁이에 달아서 쓰고 있는데 이를 동거(東車)라 한다.

일찍이 준천사(濬川司)에서 인부 두 사람이면 들 수 있는 돌을 이 동거에 싣고, 큰 소 한 마리에 멍에를 씌워서 한 사람이 끄는데, 바퀴가 적기 때문에 자주 도랑에 빠지자 이를 뒤따르던 한 사람이 막대기를 가지고 있다가 바퀴를 끼어서 올리느라 한 나절 동안 법석 떠는 것을 본 적이 있다. 이는 수레 한 채와 소 한 마리가 가외로 소용되고 있는 셈이 된다.

그렇기 때문에 지금 사람들이, "수레를 이용해도 이로운 게 없다"라고 말하는 것도 마땅하다 하겠다.

그러나 어떤 사람들이, "수레는 자기 뜻대로 만드는 것이 좋다"라고 말하고 있는데 이것은 그렇지 않다.

수레의 크고 작음, 가볍고 무거움, 빠르고 느린 것에 대하여 중국 사람은 이미 경험을 쌓았고 연구한 바가 또한 깊다. 그렇기 때문에 솜씨 좋은 기술자에게 중국의 수레를 본떠서 만들도록 해야 할 것이며, 한 자 혹은, 한 치라도 어긋나지 않도록 최선을 다하여 만들어야 할 것이다.

이를 위해서는 먼저 관서(關西) 지방 각 고을 수령(守令)의 녹봉(祿俸)을 계급에 따라서 갹출하여 매년 중국으로 가는 사신들 편에 수레 몇 채씩을 사오도록 하여 비치(備置)토록 하게 한다. 그리하여 신구(新舊) 수령이 교체할 때나 사신이 지나갈 때에 이를 이용하도록 하고, 우리 나라 사람들에게도 자주 보여서 수레 만드는 법을 배우는 데 도움이 되도록 하는 것이 좋을 듯하다.

내가 이런 말을 서장관 심염조(書狀官 沈念祖)[6]에게 했더니 그도 자기 의견과 같다고 하였다.

　모든 수레에 물건을 싣는 상자는 두 바퀴 사이에 있기 때문에 물건을 싣는 양이 이 바퀴 때문에 제한을 받게 된다. 그러므로 반드시 가로 나무를 이용하여 상자 위에 다시 시렁[7]을 매어야만 더 많이 싣게 되므로, 바퀴는 반드시 이 시렁 밑에 있도록 해야 한다. 이것은 배 위에 있는 갑판과 같은 구실을 하게 된다.

　우리 나라는 동서로 천 리이나 남북의 길이는 동서의 세 배나 된다. 그 한복판에 서울이 있기 때문에, 사방에서 모여드는 물자의 수송 거리는 가로로는 오백 리에 불과하나 세로로는 천 리 정도이다. 또 삼면이 바다로 둘러싸여 있으니, 바다에 가까운 곳은 배로 통행한다면 육지에서 통상(通商)하는 자의 경우 대략 서울까지는 멀어도 5, 6일 정도의 길에 불과할 것이고, 가까우면 2, 3일간밖에 걸리지 않을 것이다. 한쪽 끝에서 저쪽 끝까지 간다면 날짜가 곱은 더 걸릴 것이다.
　그러나 만일 당나라 사람이 유안(劉晏)[8]이 했던 것처럼 걸음 잘 걷는 자를 각처에 배치한다면, 사방에 있는 전 지역의 모든 물가의 높낮이를 며칠 안에 고르게 할 수 있을 것이다. 그럼에도 요즘 두메 산골에서는 산사(山査)[9]를 담가서 그 신맛을 메주 대용으로 쓰는 자가 있으며, 또 새우젓이나 조개젓을 보고는 이상한 물건이라고 하곤 한다. 그 가난함이 이와 같으니 이 어찌 된 일인가?

그것은 수레가 없는 까닭이라고 단언할 수가 있다.

지금 전주(全州)의 장사꾼이 처자(妻子)와 함께 생강과 빗[梳]을 팔려고 도보로 의주(義州)까지 간다면, 그 이익은 곱절이 되겠지만 기력이 길바닥에 다 소모되어 버려 내외간에 즐거움을 가질 수가 없게 될 것이다. 원산(元山)에서 미역과 마른 생선을 말에 싣고 서울에 왔다가 사흘 만에 다 팔고 곧 돌아가게 되면, 이익이 좀 남게 될 것이고 닷새가 걸린다면 이익도 손해도 없게 될 것이다. 그러나 만일 열흘이나 머물게 된다면 오히려 본전도 못 건진다고 한다. 돌아갈 때에 싣고 가는 물건에서 얻는 이익이 보탬이 안 되는 것은 아니겠지만, 그 동안 말에 든 비용이 매우 많기 때문에 손해 보기는 마찬가지이다.

그런 까닭에 영동(嶺東)에서 꿀이 생산되어도 소금이 없고, 관서(關西)에서 철(鐵)이 생산되어도 밀감이나 유자가 없게 되는 것이며, 함경도에서 삼[麻]은 잘되나 면포(綿布)가 귀하고, 두메 산골에서는 팥이 흔하고 해변에서는 생선젓과 메기 종류를 싫어할 정도이며, 영남(嶺南)의 고찰(古刹)에서는 과거 볼 때 쓰는 명지(名紙)를 생산하고, 청산(靑山)·보은(報恩)에서는 대추나무 숲이 많으며, 강화(江華)는 한강(漢江) 입구에 위치하여 감[柿]이 많이 나건만 백성들이 이것들을 이용해서 살림을 풍족하게 하고 싶어도 이것을 운반할 수 있는 힘이 없으므로 하지 못하고 있는 것이다.

이에 대해 어떤 사람은 "말〔馬〕이 있지 않느냐?"고 반문하곤 하나, 한 마리의 말과 한 채의 수레가 운반하는 짐이 비록 비슷하다 하더라도 수레가 훨씬 유리하다는 사실에는 더 말할 나위가 없는 것이다. 왜냐하면 짐을 끌어당기는 데에 소요되는 힘과, 등에 싣고 가는 데에 소요되는 고달픔과는 아주 다르기 때문이다. 그런 까닭에 수레를 쓰면 말이 병들지 않게 되는 것이다. 하물며 다섯, 여섯 필의 말이 운반하는 것을 수레 하나로 다 운반할 수가 있으니 이는 몇 곱절이나 이익이 있다는 셈이 아니고 무엇이겠는가?

또 짐 싣는 말은 뱃대끈을 매야 하기 때문에 결국은 야위어져서 나중에는 사람이 탈 수도 없는 폐물이 되고 만다. 그래서 말을 잘 먹이는 집에서는 말을 모두 놀리면서 먹이는데, 집에 한 마리의 나귀나 말을 먹이려면 매일 사람이 먹는 것보다 곱절 비용이 들으므로, 이는 주인이 여행하는 일이 없어 말의 힘을 이용하지 않으면서 사람보다도 더 많은 대우를 해주는 셈이 되어 사람이 도리어 말에게 부림을 당하는 격이 되어 버리는 것이다. 이는 바로 짐승이 사람의 힘을 먹는 것과 마찬가지인 셈이 된다.

지금 사신의 행차에 대해 말해 보더라도 세 사신과 비장(裨將) · 역관(譯官) · 질정관(質正官)은 각각 역마(驛馬)와 관마(官馬)가 있지만, 장사꾼이나 그 밖의 모

든 사령(使令)들 또는 여행중에 물건을 공급하는 사람
을 제외하더라도 걸어서 따라가는 자가 말의 수효보다
곱절이나 넘고 있는데, 이처럼 만리 길을 가면서 사람
에게 걸어서 따라오기를 강요하는 것은 오직 우리 나
라에만 있는 일이다.

특히 걸어서 따라갈 뿐 아니라, 반드시 행차의 곁을
떠나지 못하게 하여 빨리 가거나 천천히 가거나 간에
말의 걸음과 같아야 한다.

그런 까닭에 말몰이로서 중국에 들어가는 자는 모두
가 죄수들 머리처럼 쑥대머리이며, 덥고 비오는 것을
가리지 않고 길을 걸어야 하므로 그들의 몰골이 오죽
하겠는가 말이다.

이국(異國) 땅에서 부끄러움을 당하는 것이 이보다
더 큰 것은 없을 것이요, 또 지나치게 땀을 흘리고 숨
이 가빠도 감히 쉬지 못하니, 우리 나라의 관하인(官下
人)이나 역군(役軍)들이 병드는 원인이 모두 여기에 있
는 것이다.

일본(日本)의 도쿠가와 이에야스(德川家康)[10]는, "대
개 물건 싣는 데 제한을 두지 않아 소나 말이 많이 상
하는데 이는 어진 사람의 정치가 아니다. 이제부터는
싣는 중량을 근수로 제한해서 그 이상은 더 싣지 못하
게 하라"고 하였다 한다.

일본에서는 짐승까지도 이런 혜택을 받고 있는데 어찌
우리 나라는 사람을 대우하는 것이 이렇다는 말인가?

일찍이 중국에서 한 관리가 작은 가마를 타고 가는 것을 보았는데, 가마의 지붕은 황홀한 푸른 비단으로 덮여 있었고, 장막은 사(紗) 따위로 가리워져 있었으며 여닫는 창은 유리로 되어 있었다.

가마 안에는 의자 한 개가 알맞게 놓여 있었고, 그 앞에는 작은 책상을 놓아 책을 보면서 앉아 있었다. 가마 중간에 가로 막대기를 꿰어서 메었기 때문에 곁에서 보호하는 자가 없어도 기울어지지 않고, 앞뒤에서 각 두 사람이 세로로 메고 가는 것이다.

메는 방법은 새끼를 양쪽 가로 나무에다 옆으로 비끄러매고 작은 나무 막대기로 새끼를 틀어 맨다. 이것은 눌리는 힘에 탄력을 주어 한 곳으로만 눌리지 않게 하는 것이다.

그러므로 가마의 가는 모양이 편하고 빠르므로, 우리 나라 사신들은 우리 나라 쌍교(雙轎)[11]가 오히려 이 가마보다 못하다고 자탄했다. 가마 뒤에는 큰 수레 한 채에 열아홉 사람이 함께 탔고, 다섯 마리의 말에 멍에를 씌워 관리를 따라가게 하였다. 대개 말과 인부는 5리, 또는 10리마다 한 번씩 교대시켜 싱싱한 힘을 이용한다고 한다.

그들의 힘을 이용하려고 하면서 먼저 그들을 피로하게 하는 것은 자신을 편하게 하는 방법이 못 된다. 그런 까닭에 수레를 이용한다면, 현재 사신 행차에 소용되는 말의 수효는 더 보태지 않고서도 사신 일행 중

한 사람도 걸어서 가는 사람이 없게 될 것이다. 이렇
게 하면 말을 병들지 않게 할 뿐만 아니라, 따라가는
사람들의 싱싱한 힘도 이용할 수가 있을 것이다.

또 우리 나라 문관(文官)으로서 이품(二品) 이상은
외바퀴뿐인 높은 수레를 타는데 그것을 초헌(軺軒)[12]이
라고 한다. 바퀴는 작으면서 수레 높이는 한 길이나
되어 탄 모양을 바라보면 사닥다리로 지붕에 오른 듯
하니 그 위태로움은 말할 수가 없다. 움직일 때는 다
섯 사람이 아니면 안 되고 또 반드시 따르는 사람이
있어야 한다.

옛날에 수레를 만든 것은 수레 하나로 사람 여섯을
태우려고 한 것인데 지금 수레는 여섯 사람이 걷고 한
사람이 탄다. 어떤 사람은 "귀(貴)한 것으로서 천(賤)
한 것을 부리는 것은 천지간에 떳떳한 법이고 고금(古
今)에 통한 의리이다"라고 하지만, 귀천이란 원래 이런
것을 말한 것이 아니다. 선왕(先王)이 귀천을 분별할
적에도 모두 실용(實用)을 먼저 하고 겉치레는 뒤로 하
게 하였다.

《한서(漢書)》에 주륜(朱輪)·반주륜(半朱輪) 등이 있
었는데 이는 사람이 탈 수 있도록 한 것이고, 《주례》
에 있던 융거(戎車)·전거(田車)·택거(澤車)·육거(陸
車) 등의 각종 수레는 물건을 싣는 것이었다.

옛날 초헌의 제도는 지금의 초헌이 아니었다. 지금
은 초헌을 타는 노인이 많은데, 이것은 바퀴를 부들

〔蒲〕로 싼 편한 수레이긴 하지만 노인을 모신다는 것이
본래의 뜻은 아닌 듯하다. 왜냐하면 급한 일이라도 만
나서 바빠지게 되면 반드시 넘어지지 않을 수 없으므
로, 넘어져서 상처를 입게 되기 때문이다.

외방 고을 수령의 어머니나 그 아내, 그리고 사신,
감사(監司)는 모두 쌍교(雙轎)를 타고 있다.

이 제도는 두 마리의 말 사이에 가마를 단 것으로,
뒤에 있는 말이 앞 말을 보지 못하기 때문에 발 맞추
기가 어렵다. 그리고 비록 가마 채의 길이가 두 발이
나 되고, 가마 통 또한 크다고 할 수 있지만 그 안에
서 사람이 누울 수는 없다. 만들고 꾸민 것이 무겁고,
바닥은 가죽 끈으로 그물처럼 떴기 때문에 사람이 앉
아도 엉덩이가 자리에 꼭 붙질 않아 항상 하인들의 개
인 물건을 감춰 두는 곳이 된다.

가마 안에는 뚜껑 달린 함을 한 개 놓고 거기에 찬
(饌)그릇·타구(唾具)·책·책상 등을 넣어 둔다. 가마
뒤에는 술병·돗자리·옷·신 등을 많이 달아 놓고 있
다. 따라서 가마가 몹시 무거운데다가 그 외의 무게가
또 몇 근이나 되는지 알 수 없을 정도이다.

가마 좌우에는 가마를 보호하느라고 각각 3, 4인의
사람이 있고 나머지 사람은 도보로 따라간다. 이들은
서로 교대할 수 있도록 예비적으로 준비해 놓은 것이
지만, 이들 또한 힘을 다해서 따라가야 하기 때문에,
가마를 보호할 남은 힘이 없어서 다만 가마에 붙어서

갈 뿐이다.

가마 한 채와 사람 하나의 무게 및 여러 가지 물건의 무게 이외에 또 몇 사람이 딸렸는지 알 수 없으니, 그 무게를 모두 계산한다면 거의 조그만 배 한 척만 할 것이다. 그런데도 말이 죽게 되면 왜 죽었는지 알지 못하므로 말이 쓰러지면 몰이하는 자를 탓하여 형장(刑杖) 치는 일이 생기곤 한다. 그런 까닭에, "수레를 이용하면 말의 숫자를 줄여도 사람은 자연히 한가하게 된다"는 것이다.

또 지금 부인들이 타는 가마는 채를 중간에 꿰지 않았기 때문에 기울어지기가 쉽다. 더구나 말 등에 가마를 실은 것은 더욱 위태롭기 때문에, 혼인·상사(喪事)·이사 같은 때에 부녀자들이 여행하는 것은 언제나 매우 곤란하므로 수레를 이용하게 되면 이런 근심이 없게 될 것이다.

유금(柳琴)이 말하기를, "우리 나라에는 수레가 없기 때문에 백성들의 집이 모두 조그마하다"고 하였다. 그것은 재목을 운반하는 데에 말 한 마리의 등으로 운반하기에 알맞은 나무만을 운반해다가 짓기 때문이라는 것을 말한 것이다.

나는 신발 값이 뛰는 것도 수레가 없는 탓이라고 말하고 싶다.

담헌(湛軒) 홍대용(洪大容)[13]은, "수레가 다닐 만한 길을 닦으려면 토지 몇 마지기는 없어지겠지만 수레를 사용해서 얻는 이익이 땅 값을 제하고도 넉넉할 것이다"라고 하였다.

수레의 본성(本性)에 대해 말하면 오르막은 꺼리지 않지만 빠지는 곳은 꺼리게 마련이다. 지금 성문 앞과 저잣거리의 작은 도랑은 반드시 이를 복개(覆盖)해서 그 밑으로 물이 흐르도록 해야 하고, 나무 다리를 세로로 걸쳐 놓은 것을 가로로 걸쳐 놓게 해야 할 것이다.

재상(宰相)과 부인들은 앞에서 말한 바와 같은 보교(步轎)를 타게 해야 하고, 모든 수령 및 선비와 백성들은 모두 태평거(太平車)를 타도록 했으면 한다.

혹자는 말하기를, "수레 복판이 덜커덩거려서 불편하지만 만약 굴대를 뒤쪽으로 몰리게 하여 수레 바닥은 끝을 겨우 받칠 정도로 한다면, 앉은 곳은 항상 달린 듯해서 쌍교(雙轎)를 타는 것과 같은 느낌이 들 것이다"라고 한다.

지금 서장관(書狀官)이 탄 수레는 태평거의 바퀴를 이용하고 그 바닥 위에 있는 집을 고쳐서 가마를 얹은 것인데, 이는 약하면서도 무거워서 본래 것보다 훨씬 못하다고 할 수 있다. 무엇이고 사리(事理)를 알지 못하고 함부로 고치게 되면 항상 이렇게 된다는 것을 알아야 할 것이다.

꽃

1) 유리창 : 중국 북경성 남쪽에 있는 지역으로 그곳에 유리 공장이

있어 이렇게 불림.

2) 구절·태행·양장 : 모두 중국에 있는 험하기로 유명한 고갯길.

3) 마천령 : 중국 요녕성(遼寧省)에 있는 산으로서 장백산(長白山)의 지맥(支脈)임.

4) 잔도 : 산길이 험해서 나무로 사닥다리처럼 만든 길.

5) 준천사 : 서울 안에 있는 개천을 치는 일과 사방 산을 수호하는 일을 관장하던 관청.

6) 서장관 심염조 : 서장관(書狀官)은 외국에 보내는 사신에 딸려 보내는 임시 벼슬. 심염조(沈念祖)는 정조(正祖) 때 사람으로 정조가 즉위한 뒤에 동지사(冬至使)를 따라 청나라에 다녀 왔음.

7) 시렁 : 물건을 얹기 위해 두 개의 긴 나무를 건너 질러 선반처럼 만든 것.

8) 유안 : 당나라 사람으로 이부상서동중서문하평장사(吏部尚書同中書門下平章事) 벼슬에 있으면서 여러 도의 조운(漕運)을 소통시키고 온갖 화물의 가치가 비싸고 쌈을 헤아려 세상의 물가(物價)를 고르게 하였음.

9) 산사 : 능금나무과의 작은 낙엽 활엽 교목. 골짜기나 촌락 부근에 나는데, 높이는 6미터 안팎으로 자라고 가시가 있음. 가을에 붉은 열매가 열리는데 식용과 약용으로 쓰임.

10) 도쿠가와 이에야스 : 전국시대를 통해 세력을 키우다가 도요토미 히데요시가 죽자 정권을 잡아, 도쿠가와 막부(德川幕府)의 제1대(代) 대장군(大將軍)이 된 사람.

11) 쌍교 : 말 두 필이 각각 앞뒤에서 채를 메고 가는 가마.

12) 초헌 : 종이품(從二品) 이상의 관리가 타는 수레. 외바퀴가 달렸고, 앉는 자리는 의자처럼 꾸며져 있음. 명거(命車) 또는 목마(木馬)라고도 함.

13) 담헌 홍대용 : 담헌은 호. 영·정조 때의 실학자로 지구의 자전설을 주장했으며 저서로는 《담헌설총(湛軒說叢)》이 있음.

배〔船〕

배 안은 건조하고 깨끗하여 한 방울의 물도 없어 좁쌀을 실을 때는 뱃바닥에 그대로 쏟는다. 배 위에는 반드시 가로로 펴놓은 판자가 있어서 사람이든 말이든 건너는 자는 모두 판자 위를 이용하고, 빗물이나 말의 오줌이 배 안에 스며들지 못하도록 되어 있다.

배를 대는 언덕에는 모두 다리가 가설되어 있고, 멀리 가는 배는 모두 지붕이 있으며, 다락이 있는데 대개 삼 층쯤 된다. 배 뒤편에 들어올리는 곳에는 치미(鴟尾)[1]를 꽂았다.

통주(通州) 동쪽에 있는 노하(潞河)[2]는 연경과의 거리가 사십 리인데, 물은 통주(通州)에서 옥하(玉河)[3]와 합치고, 남쪽으로는 고해(沽海)로 들어간다.

배를 이용하는 사람은 모두 여기에서 출발하는데, 백 리나 되는 길 사이사이에서, 하구(河口)를 바라보면 돛대가 대나무 숲보다도 더 빽빽하고 배에 꽂은 깃발에는 절강(浙江)·산동(山東)·운남(雲南)·귀주(貴州) 등의 지방 이름을 크게 써서 달았다. 산동 독무관(山東督撫官) 하유성(何裕城)이 좁쌀 삼십만 섬을 방금 싣고 온 배 안에 있는 것을 보았다.

배로 곡식을 운반할 때에는 무명 겹자루를 준비했다가 여기에 와서 비로소 자루에 갈라 담는다. 이 한자루는 열 말들이 한 섬씩이다. 이때는 작은 배를 이용하여 담은 곡식을 옥하(玉河)로 운반해 들어가는 것이다. 그 배가 하도 크고 화려해서 나는 사신과 무관(懋官)을 데리고 올라가 보았다.

배의 길이는 열 발가량 되었고, 무늬가 있는 창(窓)과 채색 칠한 다락집이 우뚝하게 높이 솟아 있었다. 그 한가운데에는 방이 있고 방 위에는 다락이 있으며 방 밑은 창고로 되어 있다. 글씨 쓴 족자와 그림 액자가 걸려 있었으며, 장막과 금침(衾枕)은 향기로운 냄새로 그윽했고 꼬불꼬불하게 가려져 있어 아늑한 맛이 헤아릴 수 없을 정도였다.

배에 올랐을 때에 배 안의 깊숙한 내부에서 밖을 내다보는 부인이 있었는데, 수놓은 바지를 입고 머리는 예쁘게 꾸몄는데 독무관(督撫官)의 가족이라 하였다.

독무관은 의자를 갖다 놓고 차〔茶〕를 가져오게 한 다음 향을 피우면서 나하고 필담(筆談)을 했다.

주렴(珠簾)으로 내려쳐진 밖으로는 갈매기·구름·다락집, 그리고 왕래하는 사람들과 모래 언덕, 또 바람을 받아 돛들이 들쑥날쑥하는 모습이 보였다. 이런 것들을 보고 있노라니, 마음이 한가로워져서 내 몸이 물 위에 있다는 것을 잊고 마치 산림(山林) 사이에 우거(寓居)하면서 자연의 풍경을 두루 보는 것처럼 느껴졌다. 이와 같은 배가 있다면 비록 험란한 파도에 몸을 싣고 만리를 갈 때 종종 위태로운 때가 있을지라도 무엇을 꺼리겠는가? 그러기에 중국 사람들이 멀리 여행하는 자가 많은 것도 당연하다고 느꼈다.

우리 나라는 수레의 이점을 전혀 모르고, 배도 제대로 다 이용하지 못하고 있다. 새어 드는 물을 막지 못하고, 빗물도 막지 못한다. 짐도 많이 싣지 못하고 탄 사람이 편치 못하며 배에 말을 태울 때에는 아주 위태로우니, 배의 이점을 한 가지도 이용한 것이 없다.

대체로 배라는 것은 물에 빠지지 않으려고 하는 것인데 나무 깎은 것이 정밀하지 못해서 그 틈새로 스며드는 물이 배 안에 항상 가득하니, 배에 탄 사람의 정강이는 냇물 건너듯 걷어올려야 하고, 또 배 안에 괸 물을 퍼내느라고 날마다 한 사람의 힘을 허비하고 있다. 그러므로 곡식도 바로 싣지 못하고 짚으로 만든 섬을 곡식보다 곱절이나 실어도 밑에 있는 곡식은 젖어서 썩을 염려가 있다. 앉는 자리는 회초리를 엮어서 쓰는데 휘청휘청해서 편치 못하고, 하루를 뱃놀이하면 엉덩이가 여러 날 아프곤 한다. 또 가을에서 겨울까지는 뜸(풀로 거적처럼 엮은 물건)을 갖추지 않아서 서리를 바로 맞아야 하며, 사람과 기구(器具)가 함께 그 안에 있게 되기 때문에 짐을 가득히 싣지 못하고 또 높이 쌓지도 못한다. 혹 뜸이 있어도 짧아서 천장이 모두 덮이지 않기 때문에 비가 오면 배는 물 담는 그릇으로 되어 버리곤 한다.

또 배를 대는 언덕에 다리가 없기 때문에 배를 탈 때에 사람은 업혀서 건너고 말은 뛰어서 들어가게 한

다. 다리를 놓아야 할 높이로부터 가로 판자도 없는
배의 깊이로 뛰어들게 하니, 자칫하면 말의 다리가 부
러지지 않겠는가?

'배를 잘 탄다는 말' 또는 '배를 잘 못 탄다는 말'이
있다는 것은 배 닿는 곳에 다리가 없기 때문에 생겨난
말이다.

지금 제주(濟州)에서 나라에 바치는 말이 거의 병들
고 여위어서 죽는 것이 많다. 그 이유는 대개 뱃길에
위험을 준다 해서 공연히 틀에 옭아매어 놓으므로 자
기 본성(本性)에 맞지 않은 채 여러 날을 지내야 하기
때문이다.

마판(마구간의 바닥에 까는 널빤지)의 구조가 물길과
육지에서 서로 다르게 된 것은 배의 구조가 제대로 되
어 있지 않기 때문이다. 유구(琉球)의 말을 복건(福建)
에 와서 팔고 있는데 이것도 역시 배로 실려 온 것이
다. 만일 지금 제주도의 말과 같이 병들고 여위었다면
어찌 이들 말을 가지고 교역(交易)할 수 있겠는가? 이
는 아마도 말을 싣고 오는 방법이 따로 있기 때문일
것이다.

만약 배가 부서지거나 해서 표류해 온 사람이 바닷
가 고을에 닿거든 반드시 그 배의 구조와 여러 가지
기술을 자세히 물어서 재주 있는 기술자에게 그 방법
대로 만들게 해야 할 것이다. 이처럼 표류(漂流)한 배
를 본받아서 배우기도 하며, 표착(漂着)한 사람을 머물

게 하여 그 기술을 다 배운 뒤에 돌려보내도 무방할
것이다.

토정(土亭) 이지함(李之菡)[4]이 일찍이 외국 장삿배
몇 척과의 통상(通商)을 통해 전라도의 가난한 백성들
을 구제하고자 하였으니 그 견식(見識)이 월등하게 원
대(遠大)했음을 알 수 있을 것 같다.

배를 통행하게 하려면 배에 닿을 수 있는 다리와 배
에 가로놓는 판자는 꼭 설치해야 한다고 나는 말하고
싶다.

❊

1) 치미 : 《유요(類要)》라는 책을 보면, "동해에 솔개 같은 물고기가
   있는데 물을 뿜으면 그것이 비가 되어 내리므로 당나라 이래로 그
   물고기의 형상을 만들어서 지붕에 두었다" 하였고, 또 《소씨연의
   (蘇氏演義)》를 보면, "한(漢)나라 무제(武帝)가 백량전(柏梁殿)을 짓
   고서 치미는 수정(水精)이니 능히 화재를 방지할 것이라 하여 그
   형상을 지붕 위에 설치했다"고 했음. 이런 자료를 통해 보면 이것
   은 화재를 예방하는 부적 따위를 말하는 것이 아닐까 생각됨.
2) 노하 : 지금의 중국 하북성(河北省) 경계에 있는 백하(白河)로 서운
   하(西運河)라고도 함.
3) 옥하(玉河) : 북경(北京) 서북쪽에 있는 곤명호(昆明湖)와 통하고 태
   액지(太液池)와도 연결되어 있음.
4) 토정 이지함 : 조선 중종(中宗) 때의 사람으로 의약(醫藥)·복서(卜
   筮)·천문(天文)·지리(地理) 등에 능했음.

성(城)

성(城)은 모두 벽돌로 쌓았는데 벽돌은 회(灰)로 붙였으나 회를 쓴 것이 너무 엷어서 간신히 붙어 있는 정도로 보였다.

쌓은 방법은 먼저 돌로써 터를 닦았거나 큰 벽돌을 쌓아 터를 닦기도 했다. 그런 다음에 벽돌을 쌓았는데 어떤 것은 가로로 어떤 것은 세로로 쌓았으며, 어떤 것은 눕히기도 했고 어떤 것은 세우기도 하여 겉과 안이 서로 어긋나게 하면서 성벽의 두께에 따라 쌓아올렸다.

겉과 안 사이에는 간혹 흙으로 채우기도 했으나 그 넓이의 삼분의 일도 되지 않기 때문에 엿뭉치처럼 합쳐져서 대포를 맞아도 다 부서지지 않게 되어 있었다.

성 위에는 안팎으로 모두 작은 담[女墻]을 쌓았는데, 안쪽 작은 담에는 돌 홈을 내어서 빗물이 통하도록 해 놓았고, 바깥쪽 작은 담에는 총과 활을 쏘는 구멍을 내어 놓았다. 구멍이 어떤 것은 바로 성 밑을 향해서 마치 날을 뽑은 대팻집처럼 되어 있어서 적군이 감히 가까이 오지 못하도록 되어 있었다.

성 밑 바깥쪽에는 못[池]이 있고, 성문에는 반드시 작은 성[甕城]이 둘러져 있었다. 문이 어떤 것은 왼쪽에, 어떤 것은 오른쪽에 뚫려 있었고, 어떤 것은 좌우쪽으로 모두 뚫려 있기도 했다. 그러나 속 문과는 바로 마주 보이지 않게 되어 있었다.

작은 담으로 오르는 곳은 문안에서 사닥다리를 이용하게 되었는데, 사닥다리 주위에는 나무 울타리를 둘러서 그 안에 들어가기만 하면 달아나고자 해도 달아날 수 없게 되어 있었다.

성의 높이는 벽돌 높이로 계산하면 대략 다섯 길쯤 되는 듯했다. 옛 성으로서 벽돌이 빠진 곳은 새 벽돌로 갈아 끼워 놓아서 그 빛깔이 얼룩덜룩하였다.

성이라는 것은 장차 적을 막아 지키기 위한 것이다. 적을 만나서 버리고 달아나려는 것이라면 모르지만, 그렇지 않고 적을 막기 위해 쌓은 성이라면 우리나라 안에는 성다운 것이 하나도 없다고 하겠다. 왜냐하면 그것은 벽돌을 사용하지 않았기 때문이다. 어떤 사람은 말하기를, "벽돌의 견고성은 돌에 미치지 못한다"고 하지만, 나는 "돌 한 개의 견고함은 한 개의 벽돌보다 나을지 모르지만 여러 개를 쌓은 돌의 견고함은 여러 개를 쌓은 벽돌에 미치지 못한다"고 대변하고 싶다.

돌의 성질은 서로 붙일 수가 없는 데 비해 벽돌은 만 개라도 회로 붙이면 합쳐서서 한덩어리로 될 수 있다. 또 돌은 사람이 일일이 다듬어야 하므로 여기에 소비되는 노력은 얼마나 많은지 헤아릴 수 없을 정도다. 벽돌은 마음대로 만들 수 있어서 모나고 바르지 않은 것이 없다. 또 돌은 큰 것, 작은 것이 고르지 않기 때문에 날짜를 정해서 성 쌓는 역사를 감독하여도 사람의 힘을 고르게 이용하기가 어렵지만, 벽돌은 치수가 모두 같기 때문에 부지런함과 게으름 피운 것을 금방 알 수 있다.

지금 우리 나라에 있는 성들은 돌을 다만 한 겹으로만 쌓았기 때문에 비록 높고 험하다 하더라도, 안쪽에서 보면 실상 쌓은 돌끼리 이가 맞지 않아서 돌이 하나만 빠져도 넘어질 것 같으며 또 이를 사전에 방지할 방법도 없는 것이다. 더구나 조금만 높아도 무너지기가 쉽고, 무너지려고 할 때는 배가 점점 불러서 곡식 부대 같아진다. 또 작은 담이 자주 허물어지는 것도 병이다. 이것은 회로 때운 것이 모두 돌과 어울리지 않기 때문이다.

외방에 있는 각 고을에서는 조그마한 담에다가 기와를 덮었고, 궁궐 담에는 큰 재목을 사용해서 연목(서까래)을 벌여 놓고 기와를 덮었다. 옛날에는 돌로 목재를 덮어서 썩는 것을 막았기 때문에 기와와 벽돌이 생기게 된 것인데, 지금은 성 위에다가 목재를 걸쳤으니 이것은 썩는 것을 막는 것이 아니라, 도리어 썩는 것을 알맞게 돕는 셈이 된다. 더구나 기와 밑을 흙으로 메웠으므로 잘 움직이고 자주 떨어지곤 하는 것이다.

더구나 새나 짐승이 뚫기가 쉽고, 비바람에 부딪쳐서 보수(補修)하는 경비를 날마다 허비하게 된다.

힘을 다해서 썩는 것을 막는다 해도 그 비용을 걱정해야 할 터인데, 이제 힘을 다해서 썩는 것을 돕고 있으니 과연 그것이 옳은 것인지 모르겠다. 그렇기 때문에 우리는 중국의 제도를 배워서, 먼저 궁성(宮城)을 쌓는 데에 목재를 걸치는 비용을 가지고 벽돌로 작은 담을 쌓자는 것이다. 지금 광화문(光化門)에는 회를 사용한 자취가 완연하다.

어떤 사람은 "궁궐 담을 고쳐서 성으로 하려면 경비가 너무 많이 든다"고 한다. 그러나 가난한 백성의 집은 대개 초가 지붕인데 이 초가 지붕을 십 년 동안 보수한다고 친다면 그 비용이 기와보다도 많이 든다.

국가에서 만대(萬代)의 사업에 대한 계획을 세우는 데 있어서 벽돌이 당장은 힘들고 비용도 많이 들지 모르지만, 이는 영구히 편한 것이 될 것이니 그 이익이 막대하다.

그러나 수레가 없으면 벽돌의 이로움도 그다지 많이 볼 수가 없을 것이다. 그렇기 때문에 모름지기 수레를 사용하는 것을 먼저 해야 하고 성 쌓는 일은 뒤에 하는 것이 옳다고 본다.

둘째로는 성 둘레가 너무 넓다는 것이다. 지금 외방에 있는 고을의 성들이 모두 십 리가 넘거나 어떤 것은 사십 리나 되어 왕성(王城)과 비슷한 것도 있다.

성안에 있는 민병(民兵)과 남녀를 다 동원하여 벌려 세운다 해도 그 길이에 반도 세우지 못할 것이니 이런 성을 어디다 쓰겠는가? 그런 까닭에 심양(瀋陽) 같은 번성한 곳도 성의 길이는 오히려 십 리 정도밖에 안

되고, 계주·영평(永平)과 같은 지방도 모두 그 정도에
불과하다. 위치소(衛置所)를 설치한 곳도 몹시 적은데,
옛날 맹자의 말씀을 보더라도 3리니 7리니 하는 말들
이 있음을 알 수 있다.

셋째는 성 바깥쪽은 공들여 쌓으면서도 안쪽은 아무
렇게나 버려 둔다는 것이다.

또 바깥쪽은 높이가 서너 길이나 되어도 안쪽에서는
바로 오를 수 있을 만큼 낮으며, 바깥쪽에는 작은 담
을 둘렀으면서도 안쪽에는 이것이 없으니, 급한 변이
있을 때에 작은 담을 지키는 군사가 만일 죽게 되었을
때 달아나지 않는 사람이 있겠는가 말이다.

평소에 훈련되지 못한 오합지졸(烏合之卒)이 모두 병
기를 버리고 바로 도망해서 잠깐 동안이라도 화살을
피하려는 것은 인지상정이라 할 수 있는 것이다. 비록
아무리 군법(軍法)이 있다 하더라도 이런 상황에는 어
쩔 수 없는 일이다. 그러므로 작은 담이 없는 성은,
성이 있더라도 없는 것과 마찬가지이다.

넷째는 작은 담의 구멍을 성 몸뚱이를 깎아서 아래
쪽으로 향하게 하지 않았기 때문에 성이 높을수록 적
군은 더욱 가까이 올 수 있다는 점이다.

탄환과 화살이 어떻게 곡선으로 이것을 맞출 수 있
겠는가? 더구나 성 밑에 못과 해자[隍池]가 없을 때는
더욱 곤란하다는 말이다.

어떤 사람은 "우리 나라는 산을 의지해서 성을 쌓았

기 때문에 못을 팔 수가 없다"고 한다.

비록 그렇다 하더라도 해자를 팔 수만 있다면 반드시 파야만 한다. 이는 한갓 적군을 막는 데 필요할 뿐만이 아니라, 성 뿌리에 물이 스며들지 못하도록 보호하기 위해서이다.

다섯째는 큰 성문 앞에 옹성(甕城)이 없다는 것이다.

지금 흥인문(興仁門) 한 곳에만 있지만 그것도 문이 없는 형편이다. 혹 외방에 있는 고을들에 간혹 있기는 하나 그것은 또한 작은 담이 없다.

문이 없으면 지킬 수가 없고 작은 담이 없으면 오를 수가 없으니 이는 다만 자신의 눈만 가리는 꼴이 될 뿐이다. 어느 사람은 "그까짓 옹성이 무슨 소용이 있느냐?"고 하지만 일반적으로 성에 문이 있는 곳은 모두가 길이 있다는 말이므로, 만일 문을 지키는 군사가 한번 무너지게 되면 적군이 바로 들어오게 되므로 다른 곳과 견주어 볼 때 이곳은 아주 중요한 것이다.

다른 곳들은 길이 아니고 지붕·벽·담·수목 같은 것으로 막혀 있기 때문에 비록 무너지더라도 적군이 거침없이 몰려들어오지는 못한다. 그런 까닭에 옹성을 반드시 설치해서 성문을 지켜야만 한다. 만일 바깥문을 지켜 내지 못했다 하더라도 안쪽 성문은 그대로 남아 있게 되기 때문이다.

또 사방으로 밖을 내다볼 수 있기 때문에 네 모퉁이의 적군을 막을 수가 있는 것이다. 옛날에 채경(蔡京)

이 변경(卞京)[1]성을 똑바로 곧게 만들었더니 금국(金國)[2] 사람이 대포를 네 귀퉁이에 쏘아서 무너뜨렸다한다. 대개 화력(火力)은 곧은 곳을 따라 터지기 때문이다.

어떤 사람은 "그러면 토성(土城)이 어떠냐?"고 묻는다.

내가 평양(平壤)과 안주(安州)를 지나면서 새로 쌓은 성을 구경한 일이 있다.

토성이 좋다고 하는 것은 비가 와서 젖어도 염려되지 않는 대륙(大陸)의 자연의 성질과 같다는 데 있다. 그러나 보잘것없이 한 둘레만 담을 쌓았고, 회로 때운 것도 돌만큼 단단하지 못했으며, 높이라고는 일반인들이나 목동들이 타고 넘을 만하니 이래 가지고 어찌 성이라 하겠는가?

대개 집에 백 보(步) 되는 담이 있어서 해마다 짚으로 덮으려 해도 힘을 지탱할 수가 없는데 하물며 5리, 10리나 되는 담을 어찌 다 덮을 수가 있겠는가? 그대로 버려 두자니 아깝고 덮으려 하니 경비를 지탱할 수가 없게 되는 것이다. 여기에 소용되는 재물을 다른 곳에 써서 성 가까운 곳에 벽돌 굽는 굴 수십 개를 만들 수는 없겠는가? 그렇게 하였다면 지금쯤은 거의 다 벽돌 성이 되었을 텐데 말이다.

또 어떤 사람은 "강화(江華)의 벽돌 성이 자주 무너져서 쓸모가 없다"고 해서, 벽돌 성 쌓기를 맨 처음 발의(發議)한 사람까지 탓하곤 하지만, 그러나 이것은 쌓는 방법이 잘못된 것이지 벽돌의 잘못이 아닌 것이다. 회를 제대로 법식에 맞추어 쌓지 않으면 벽돌이 없는 것과 마찬가지가 되고, 또 벽돌로 쌓으면서 성 두께대로 다 쌓지 않는다면 이것도 성이 없는 것과 마찬가지이다.

지금 벽돌 한 겹을 토성 곁에 붙여 놓고, 높게만 쌓으려 하니 떨어지지 않을 수 없는 것이다.

이가영(李嘉英)이 말하기를 "동국(東國)의 성은 모두 그림 가운데 있는 성이다"라고 하였는데, 이 말의 뜻은 겉모양은 성과 같으나 안쪽에서 내면을 보면 성의 구실을 할 수 없게 되어 있다는 것을 말한 것이다.

❈

1) 변경 : 중국의 옛 지명으로 원래는 변량. 오대(五代)에서 북송(北宋) 시대까지 수도였던 곳이므로 변경이라 칭했음. 지금의 하남성(河南省) 개봉현(開封縣)이 그곳임.
2) 금국 : 여진족(女眞族) 아골타(阿骨打)가 송(宋)나라 희종(熙宗) 때에 요국(遼國)을 멸망시키고 송나라를 침략해서 넓은 지역을 차지하고 금국을 세웠으나 백이십 년 뒤에 몽고(蒙古)에게 멸망하였음.

벽 돌

벽돌은 크게도 작게도 마음대로 만들 수 있다. 보통

사용하는 벽돌은 네 개를 쌓으면 면(面)이 고르고 세 개를 세로로 쌓으면 길이가 같다.

벽돌은 서로 문질러서 깨끗이 한 다음에 쓰는 것인데 그 가루는 회에 섞어서 쓴다.

벽돌 굽는 가마는 마치 종(鐘)을 엎어 놓은 것과 같고, 안쪽 천장은 나선(螺旋)으로 되었으며 굴뚝은 그 꼭지에 나와 있다. 가마 안에는 벽돌을 한 줄 간격으로 쌓은 것이 마치 떡을 빽빽하게 담아 놓은 것과 같다. 그 한복판에 불문(火門)을 만들었는데 그렇게 해야만 불 기운이 고루 퍼져서 먼 데 것은 구워지지 않고 가까운 데 있는 것만 구워지는 폐단을 없애기 위한 것이라고 생각된다.

한 가마에 벽돌 팔천 장을 구워 낼 수가 있고, 때는 나무는 수수깡 두 수레쯤 소요된다. 이것은 대략 말 네댓 필이면 운반할 수 있는 짐이다. 일찍이 어떤 가마를 지나가는데 가마 주인이 가마 안으로 안내해서 여러 가지로 문답한 그 내용이 다음과 같다.

지금 중국에는 땅 위로 나온 5, 6길과 땅속으로 들어간 5, 6길은 모두 벽돌이다. 높은 것은 누대(樓臺)·성곽(城郭)·원장(垣墻)이고, 깊은 것은 교량(橋梁)·분묘(墳墓)·구거(溝渠)·제언(堤堰) 등이다.

온 나라를 마치 벽돌로 옷을 입힌 듯하여 백성들에게 수화(水火)의 근심을 비롯하여 도둑에 대한 염려, 썩는 것, 젖는 것, 넘어지고 무너지는 등의 염려까지 이것으로 없애 주었다.

벽돌의 효용이 이와 같은데, 우리 나라 수천 리 안에서만 홀로 이것을 폐지하고 벽돌 사용하는 것을 강구하지 않으니 실책(失策)이 크다고 하겠다. 어떤 사람은 "벽돌은 흙의 성질에 따르는 까닭에, 우리 나라에는 기와는 있어도 벽돌은 없다"고 한다. 그러나 그것은 그렇지 않다. 즉 둥글게 하면 기와가 되고 모나게 만들면 벽돌이 되기 때문이다.

중국의 소소한 담도 모두 성과 다름이 없는 것은 이 벽돌을 사용했기 때문이다. 그런 까닭에 길 좌우로 가게가 벌여 있어도 그 집 뒤쪽을 보면 모두 벽돌로 되어 있다.

마을로 들어가는 문을 동리 양쪽 끝에 세웠고 그 위에다가 다락집을 올려 그 문을 닫고 지키는 것이다.

이 문을 통해서 지나가게 되었기 때문에 시골에 있는 가게라도 도둑이 갑자기 공격해 오지 못한다. 옛날에 골목 싸움〔巷戰〕·동리 싸움〔莊戰〕이란 것이 있었던 것은 대체로 집의 구조가 이렇게 되어 있었기 때문이었다.

어떤 사람은 또 말하기를 "사사로이 벽돌을 만들면 비록 나라에서 이용하지는 않더라도 자기 집만은 쓸 수가 있을 것이다"라고 하나 그것은 틀린 말이다.

왜냐하면 일반인들이 살아가는 데 소용되는 물건은 반드시 서로 도와서 해야 하기 때문이다. 그런데 나라

안에 벽돌이 없는데 자기 혼자 만들려고 하면 굽는 가
마도 자기가 만들어야 하고, 때우는 회도 내가 마련해
야 하며, 물건을 실어 나르는 수레도 내가 주선해야
되고, 온갖 만드는 일도 역시 내가 해야 할 것이므로
비록 벽돌을 만든다 해도 이익되는 것이 얼마나 있겠
는가 말이다.

시골에 살면서 흙과 땔나무가 모두 풍족할 것 같으
면 혹 벽돌을 만들어도 좋을지 모르겠지만 말이다. 그
러므로 이제부터라도 관청에서 벽돌을 사용하려고 하
면 백성들이 만든 벽돌을 반드시 관청에서 후한 값으
로 사들여서 사용해야 할 것이다. 그렇게 한다면 서로
공생하는 것이 되어 십 년 안에 나라 안은 모두 벽돌
로 될 것이니, 나란 안이 모두 벽돌로 될 것 같으면
벽돌이 흔해지기를 기다리지 않아도 자연 흔해질 것이
다. 딴 물건도 모두 그러한 바, 이것은 위에 있는 사
람의 권한에 달려 있는 것이다.

서양에는 집을 벽돌로 지어서 천 년 동안이나 보수
(補修)하지 않고서도 그대로 유지된다는 말을 들었다.
이것은 집에 대한 비용이 지극히 절약된다는 말이라
하겠다. 만약 그렇게 하였더라면 중국의 장대(章臺)[1]와
아방궁(阿房宮)[2]도 지금까지 남아 있을 것이고, 후세의
제왕(帝王)이 다시 궁궐 때문에 백성의 힘을 혹사시키
는 자가 없었을 것이다.

우리 나라 사람은 아침에 저녁 일을 걱정하지 않으

면서 생활해 왔기에 수많은 우리의 전통 기예(技藝)가 황폐(荒廢)해 짐으로 말미암아 날마다 소란스럽기만 하다. 백성은 이 때문에 안정된 생각 없이 우왕좌왕하게 되는 것이고 따라서 나라에도 일정한 법이 없게 된 것이다. 이러한 원인은 모두가 임시방편적으로만 일을 처리한 데서 나온 것이다.

임시방편적으로 일을 처리하는 데서 생기는 해로움을 알지 못한다면 백성들의 생활은 자연히 궁해지고 국가의 재물이 다하여 나라가 나라꼴이 되지 못하는 형편에 이를 것이다. 그러나 가령 벽돌로 담을 쌓을 것 같으면 수백 년 동안은 허물어지지 않을 것이다. 따라서 나라 안에 담을 다시 쌓는 수고가 없을 것이니 여기에서 얻는 이익은 우리가 헤아릴 수 없을 것이다.

나머지 일도 이와 같이 미루어 할 수 있으니 이제 날마다 허물어지는 담과, 해마다 무너지는 집이 생겨 나는 것이 왜 그런지 알 수 있을 것이다.

수고(水庫)[3]를 만드는 데 소용되는 물건에는 여섯 가지가 있다. 이것은 쌓는 것, 덮는 것, 바르는 것에 대한 준비인 것이다. 쌓는 데와 덮는 데에 소용되는 물건은 다시 세 가지가 있으니 방석(方石)·벽돌·석란(石卵)이 그것이다. 또 바르는 물건의 세 가지는 석회(石灰)·모래·기왓가루이다.

바르는 데에 쓰는 물건 세 가지를 합한 것을 삼화회(三和灰)라 하며 모래나 기왓가루 중에 한 가지를 뺀

것을 이화회(二和灰)라 한다.

구워서 회로 만드는 돌은 푸른 것과 흰 것이 있다. 무늬가 촘촘하고 빛깔이 윤택한 것이 좋은데, 그렇지 않은 것은 엉성해서 확실하게 붙질 않는다. 굽는 데에는 나무나 또는 석탄(石炭)을 사용해서 이틀 반 동안 계속해서 불을 때야 한다.

이것을 시험하는 방법은 먼저 돌 한 개의 무게를 달아 본 다음에 여러 가지 돌과 섞어서 굽는다. 다 구워진 뒤에 이것을 꺼내어 그 돌을 달아 보아서 무게가 삼분의 일이 줄었으면 이것은 돌의 질이 좋고 불 기운이 고르게 되었다는 것을 알 수 있다.

모래는 세 가지 종류가 있는데 호수(湖水)에서 나오는 것, 땅에서 나는 것, 바다에서 나는 것이다. 이 중에서 바다 것이 제일 상품이고, 땅의 것이 그 다음이고, 호수에서 나오는 모래가 제일 나쁘다. 모래에는 또 세 가지 빛깔이 있는데 붉은 것이 상품이고, 검은 것이 그 다음이고, 흰 것이 제일 나쁘다.

모래를 분별하는 방법으로는 세 가지가 있다. 즉 문질러서 그 소리가 사각사각하면 이것은 순수한 모래임이 틀림없고, 자세히 보아서 낱낱이 모가 나 있으면 역시 순수한 모래이고, 베 조각 위에 놓고 흔들어서 그것이 쏟아져도 먼지가 나지 않아야 순수한 모래이다. 그렇지 않으면 흙이 섞여서 견고하지 못하다.

기왓가루는 기와 굴에서 나온 깨진 기와와 벽돌을

쇠나 돌로 된 확[臼]에 넣고 절구[杵]로 빻아서 고운
체로 친다. 새 기와 부스러기가 없어서 헌 것을 쓰려
면 물에 씻고 햇볕에 바싹 말린 다음 역시 찧어서 고
운 체로 친다. 이것을 치면 세 종류의 가루로 된다.
아주 자잘해서 석회와 같은 고운 가루, 조금 굵어서
모래와 같은 중가루, 두 번 쳐서 남은 것으로 크기가
콩만한 찌꺼기 등 세 종류이다.

　　꧁ 원주(原註) : 방석(方石)과 벽돌은, 담을 쌓거나 덮개로 쓰려고
준비하는 것이다. 두 가지 모두 일정한 치수는 없다. 담 쌓는 돌은
반듯하고 모난 것을 취할 뿐, 넓거나 좁은 것, 길거나 짧은 것, 두
껍거나 얇은 것에 대한 일정한 치수는 없다. 담이 두꺼우면 견고하
고 견고하면 오래 간다. 덮개를 하는 것은 혹 오목하게 하기도 하는
데 오목하게 한 돌을 합치면 반원(半圓)이 된다. 오목하게 하는 방법
은 세 가지가 있는데 다음에 자세하게 적기로 한다.

　석란(石卵)이란 것은 거위[鵝]알만한 돌로서, 흐르는
물에 오랫동안 떠밀려 내려와서 모가 없어지고 둥글둥
글해진 돌이다. 이것은 밑바닥에 쓰기 위해서 준비하
는 것이다. 이 석란이 없으면 작은 돌을 대용하기도
한다. 큰 것이라도 한 근(斤)이 넘지 않고 작은 것을
마구 섞어서 쓴다. 무릇 석란은 작은 돌에다가 회를
섞으면 굳어지면서 윤기가 있고 잘 조합된다. 그렇게
하지 않으면 돌이 잘 붙지를 않으며 이틀 반, 즉 60시
간이 되어야만 완전히 굳어진다.

도요(陶窯)란 부엌이고 영적은 벽돌이다. 대체로 기와 부스러기가 벽돌 흙보다 나은데, 벽돌 흙을 쓰려고 하면 조심해서 체로 가려내야 한다.

체를 민간에서는 사(篩)라고 하는데 이것은 물건을 가리는 데 쓰는 것이다. 곧 찌꺼기를 가리는 것을 말한다. 찌꺼기는 체를 쓰지 않고 몹시 큰 것만 가려서 버린다.

삼화회(三和灰)는 지금 미장이도 많이 쓰는 것인데 그 중 한 가지는 흙이다. 순전히 흙만 사용하면 견고하지 못한 까닭에 기왓가루를 섞는 것이 좋다는 것이다. 뒤에 말한 방법대로 하면 재료의 자질이 더욱 좋아진다.

서양에는 다른 한 가지 물건이 더 있는데, 흙 같으면서 흙은 아니고 돌 같으면서도 돌이 아닌 것이 있다. 이 물건은 땅속에서 파내는 것인데 큰 것은 탄환만하고 작은 것은 콩만큼 잘다고 한다. 빛깔은 누런 색이면서 검고 구멍이 숭숭 뚫려 있어서 모양이 좀집과 같다.

엄연한 하나의 돌 종류이면서도 그 체질(體質)이 몹시 가볍고 문지르면 가루가 되어 부서진다. 이것을 빻아서 모래나 또는 기왓가루 대용으로 쓰는데 회즙(灰汁)이 이 돌의 빈 틈으로 스며들어서 굳게 엉킨 뒤에는 강철보다도 더 강하게 된다.

수십 년 전에 옛 무덤을 파낸 자가 있었는데 봉분을 헤쳐 놓고 보니 괭이도 호미도 들어가지 않아서 어떻

게 팔 수가 없었다는 이야기가 있다. 그 사람은 별수
가 없어 옆으로 굴을 파서 뚫고 들어갔더니 그제서야
묘혈(墓穴)이 무너졌다고 하였다. 거기에 발랐던 회를
보니 바로 위에서 말한 그 가루를 쓴 것이었고, 두께
는 반 치쯤밖에 되지 않았다 한다.

이 방법이 유래된 지는 매우 오래 된 듯하다. 그 햇
수를 헤아려 보니 한(漢)나라 무제(武帝) 때였다. 후세
에 회를 쓸 적에도 이 물건을 매우 귀하게 여겼다. 어
떤 사람이 칼집 본〔室摸〕을 만드는데 이 물건을 회에
타서 발랐더니 높게 하든지 크게 하든지 마음대로 할
수가 있었고, 완성된 뒤에는 구리를 단련시킨 것보다
도 쇠를 녹여 만든 것보다도 훨씬 견고했다고 한다.

그러나 이 물건이 있는 곳은 그리 흔치 않다. 생각
건대 진(秦)·진(晋)·농(隴)·촉(蜀)의 모든 높고 양
지바른 곳에는 이것이 많이 있을 것으로 보인다. 이들
의 모양은 뜬 돌〔浮石〕 같으나 덩이는 작고 빛깔은 붉
으면서 누르스레하고 질(質)이 약한데 이 때문에 서양
것과 다르다.

《본초(本草)》에 찾아 보니 토은얼(土殷孽)과 같은 물
건인 듯하다.

생산되는 곳은 건조한 곳으로 유황(硫黃)기가 있는
곳, 혹은 유황이 나는 곳, 혹 온천, 혹 화석(火石)이나
화정(火井)이 가까운 곳, 혹은 땅속에서 때로 인화(燐
火)가 나는 곳이면 이 물건이 있다.

이것을 구하는 방법은 어떤 곳을 보아서 풀이 무성하지 못하고 뾰족뾰족한 것이 짧고 여위며, 또 풀이 무성하지 못한 곳에 말[斗]만큼, 자릿잎만큼씩한 범위가 풀 한 포기 없이 맨땅으로 되어 있는 곳을 골라서 땅 몇 자만 파면 얻을 수 있다고 한다. 서양에서는 이것을 파초랄라(巴初剌那)라고 하며, 그 물건을 구하기만 하면 토석(土石) 공사에 크게 이롭다 한다.

혹 기왓가루와 모래가 모두 없으면 청백석(靑白石)으로 대용하기도 하는데 이것도 잘게 부수어서 역시 기왓가루처럼 해야 한다.

※

1) 장대 : 전국시대 진(秦)나라 궁 안에 있던 축대.
2) 아방궁 : 진시황(秦始皇)이 지은 궁으로 위수(渭水) 남쪽 상림원(上
林苑) 안에 있었는데, 동서로 오백 보, 남북으로 오백 보이며, 궁
안에는 사람 만 명이 앉을 수 있었다 함.
3) 수고 : 물을 넣어 두는 창고. 산성(山城) 같은 곳에서 적군에게 포
위당했을 때 먹을 물을 저장하던 곳.

기와[瓦]

기와의 직경은 원(圓)의 사분의 일이다. 길이는 우리 기와와 같은데 넓이는 우리 기와의 반이다.

수키와〔雄瓦〕는 없어도 제대로 서로 원앙(元央)이 되게 되어 있다. 오직 궁궐이나 종묘(宗廟)에는 원와(鴛瓦)를 사용했으며 처마 끝의 원와는 모두 그 주둥이를 덮었기 때문에 말발굽 같았다.

기와가 크기만 한 것이 제일은 아니며 원와를 사용하지 않아도 무방하다. 기와를 크게 만들면 따라서 원이 크게 되므로 때우는 회가 많이 들게 마련이다.

요즘 기와를 덮을 때에 위아래에다가 모두 흙으로 채우기 때문에 지붕이 몹시 무거워져 넘어지기 쉽다. 또 여러 해가 되면 흙이 없어져서 기와가 떨어진다.

대체로 원(圓)의 사분의 일이라면 그 둥근 모양이 심하게 굽지 않았고 또 서로 원앙이 되었으므로 둘 사이에 거의 틈이 없다. 회로 붙이면 마침내 돌처럼 되기 때문에 중국 지붕은 새나 쥐가 뚫지 못한다.

담벼락에 통풍도 되며 내다볼 수도 있게 한 곳은 기와 두 장을 서로 합쳐서 쌓았다.

서로 원앙이 되도록 한 것은 물결무늬처럼 되었다. 넉 장을 제대로 합치면 둥글고, 넉 장을 서로 등지게 하면 노전(魯錢)과 같이 되며, 두 장씩 합쳐서 다섯 개로 벌리면 화판(花瓣)이 된다. 이처럼 한 가지 기와만 가지고도 많은 문양을 만들 수가 있다. 우리 기와가 이에 미치지 못함은 다른 이유가 아니라 크기만 했지 제대로 규격에 맞지 않기 때문이다.

자기〔瓷〕

중국 자기는 정교하지 않은 것이 없다. 비록 쓸쓸한 마을 가운데 다 쓰러져 가는 집이라 할지라도 금벽(金碧)[1]으로 채색한 항아리·술잔·물동이·주발 등을 볼 수 있다. 이는 그 사람들이 사치를 좋아해서가 아니다. 모름지기 토공(土工)의 일이라면 마땅히 이와 같이 해야 할 것이다.

이에 비하면 우리 자기는 매우 거칠다. 모래알이 그릇 밑에 붙은 것을 그냥 구워 만들기 때문에 더덕더덕 밥알이 말라붙은 것 같다. 끌어당기면 쟁반과 탁자 등을 긁히게 하고, 씻어도 더러운 것이 그냥 끼어 있으며, 바닥에 놓아도 항상 건들건들하여 자주 넘어지곤 한다.

주둥이가 삐뚤어진 것, 빛깔이 깨끗하지 못한 것 등 일일이 형용할 수 없을 정도다. 나라의 근본이 이 정도에 이르면 너무 심하다 할 수 있을 것이다.

순(舜) 임금이 강가에서 질그릇을 만들 때에 모양이 추하거나 흠이 있는 그릇은 하나도 만들지 않았다 한다. 하(夏)·은(殷)·주(周) 삼대(三代)의 그릇은 오래된 것일수록 더욱 정교했던 것이다.

요즘 운종가(雲從街)[2]에 자기 수천 개를 진열해 놓았지만 만약 삼대(三代) 시절이었다면 하나도 팔릴 물건이 없을 것이다. 깨트려 버려도 아깝지 않을 것들뿐이

다. 깨트려도 아까운 생각이 들지 않을 형편이니 아낄
만한 그릇이 있다 해도 또한 완전하게 취할 만한 것이
없다는 말과도 같은 것이다.

지금 사옹원(司饔院)[3]에 있는 번기(燔器)들이 극히
정묘한 것이라고는 하나 너무 투박하고 무겁다. 이와
같이 만들지 않으면 반드시 상한다면서 도리어 중국
그릇을 흠잡곤 한다.

대개 물건이 오랫동안 완전히 보존되거나 금방 부서
지는 것은 사람이 만지기에 따라 좌우되는 것이지 그
릇의 투박하고 엷음에 있는 것은 아니다. 그릇의 투박
함을 믿고서 방심(放心)하기보다는 조심하는 마음을 가
져서 그릇을 아끼는 것이 중요한 일이다. 그러므로 무
릇 민가(民家)의 혼례 잔치나, 나라에서 사신(使臣)을
접대할 때나, 제향(祭享)을 드리는 날에는 종들의 손에
서 부서지는 그릇이 얼마나 되는지 그 수를 헤아릴 수
없을 정도인데, 이를 어찌 그릇의 탓으로만 돌릴 수
있겠는가?

당초부터 공예의 기술이 거칠기 때문에 그것이 아주
버릇이 되어서 백성들도 따라서 거칠어졌고, 그릇이
거치니 따라서 마음조차 거칠어졌다. 여기에 젖어 풍
습이 아주 그렇게 되어 버렸다.

무릇 자기(瓷器) 하나의 품질이 나쁜 것에서 비롯하
여 나라의 온갖 일들이 이를 닮아 가는 것을 볼 때,
비록 그것이 하나의 기물(器物)이라 할지라도 어찌 가

볍게 여길 수가 있겠는가 말이다.

토공(土工)들에게 단단히 경고해서 그릇이 제대로 만들어지지 않은 채 시장에 내놓지 못하도록 하는 것이 마땅하다.

어떤 사람은 이런 말을 하기도 한다.

"도자기 만드는 기술을 익혀, 마음과 힘을 다하여 그릇을 만들어도 나라에서 그 값어치를 알아주지 아니하고 도리어 값을 크게 깎는다면, 기술 배운 것을 오히려 후회하고 그 기술을 버리지 않을 사람은 아마 별로 없을 것이다."

일본 풍속은 어떤 공장(工匠)이라도 기예(技藝)가 천하 제일이라는 이름을 얻기만 하면, 비록 그 사람의 재주가 자기보다 나을 것이 없다는 사실을 분명히 알더라도 반드시 그 사람에게 가서 배우고, 그 사람으로부터 잘잘못을 평가받아 자기 기예의 경중(輕重)을 알아보도록 한다고 한다. 이것이 기예를 권장하고 백성이 한 가지 일에 전념토록 하게 하는 길이 아니겠는가?

❀

1) 금벽 : 황금 빛과 푸른 빛. 여러 가지 채색을 말함.
2) 운종가 : 조선시대 때 서울 거리의 명칭. 지금의 종로 네거리를 중심으로 한 지역을 말함.
3) 사옹원 : 조선 시대 때 임금의 수라(水刺)와 대궐 안 음식을 맡은 관청.

대자리

중국에서 많이 쓰이고 있는 것이 세 가지가 있으니 수레·벽돌·대자리이다. 수레로써 물건을 옮기고 벽돌로 쌓고, 대자리로 덮으면 집 짓는 일은 이미 반을 넘은 것이다.

대자리는 우리 나라에도 오래 전부터 있었으나 좁고 넓지 못하였다. 지금 가게에 있는 온돌 바닥이나 배 안에서 많이 쓰는데 혹 큰 것이 있기는 해도 고르지가 못하다.

중국 대자리는 모든 넓이를 치수로 하였다. 집을 지을 적에 서까래를 벌여 놓으면 곧 대자리를 펴서 덮는데 빛이 깨끗하고 무늬가 촘촘하다. 대자리 천장에는 앙토(仰土)가 없고, 또 가로지르는 나무가 없어서 지붕이 매우 가벼운 까닭에 넘어지지 않는다.

또 여름날에 볕이 불같이 내리쬐면 저자 가게 양쪽에는 모두 지붕보다 높게 긴 대막대기를 세우고 대자리를 덮어서 발의 넓이가 서울 거리만큼이나 되게 하므로 큰길 이외에는 햇볕을 볼 수가 없다. (이 대자리는 모두 세내어 오는 것으로 가을이 되면 대자리 주인이 걷어 간다고 한다.)

조선 사신이 묵는 관사인 조선관(朝鮮館) 앞뒤 뜰과 통역관이 머무는 곳도 중국 공부(工部)에서 설비하였는데, 한복판 두세 장은 노끈으로 서로 당겨지게 하여서 마음대로 여닫게 되었다. 노끈을 기둥에 매어 두었다가 날이 저물어 방이 어두우면 대자리를 걷어서 하늘빛을 받도록 하였다.

혹은 평상(平床)을 대자리 지붕 밑으로 옮겨 앉아서 바람을 쐬고, 일을 마치면 다시 덮는다. 초상집 문 안팎에는 반드시 대자리 지붕을 높다랗게 가설해서 불경을 염(念)하는 장소로 만들었고, 풍악놀이와 연극을 하는 데에도 또한 그렇게 하였다. 용마루와 서까래가 층층으로 쌓여 얽혀서, 높다랗게 둥실 뜬 것 같으며, 비나 바람도 들지 않으니 엄연한 하나의 궁전이었다.

궁실(宮室)

궁실은 모두 일자(一字)로 되었고, 서로 연결됐거나 꺾이지 않았다.

맨 첫째 집이 주되는 위치에 서고 좌우 익랑(翼廊)이 소목(昭穆)[1]으로 되어 있다. 좌향(坐向)은 비록 다르나 제도는 대략 같아서 세 겹, 네 겹까지도 된다.

드나드는 문은 반드시 한복판에 있으므로 다 열어젖히고 바라보면 사람이 점점 작게 보이고, 문도 끝 쪽이 점점 줄어들어 보이니 이는 멀기도 하지만 곧게 서 있기 때문이다.

대략 한 채의 길이는 4, 5칸 정도이고 높이는 5량(樑)인데 1칸의 크기는 우리 나라의 1칸에 삼분의 일을 더한 크기다. 중문(中門) 안쪽에는 동서로 두 개의 작은 문이 있고, 작은 문 안쪽은 삼등분으로 하여 남북으로 마주한 구들이 있다. 구들 남쪽은 모두 창문이며, 창문은 반드시 한쪽에서 들어서 걸게 되어 먼지받이와 같은 구실을 하게 되어 있다. 구들 높이는 걸터앉을 만하며 구들 밑에는 모두 벽돌을 깔았다.

부엌은 중문 안쪽 네 귀퉁이나 남쪽 처마 밑, 작은 문 안쪽에 위치해 있다. 특히 굴뚝을 설치하는 데 신경을 쏟아서 높이를 작은 부도(浮圖)[2]처럼 하였다. 그렇지 않으면 벽에 붙여서 지붕 위로 솟아나게 하였고, 땅에 굴을 파서 뜰에 두기도 하였다.

가겟집들의 뜰은 모두 넓어서 활쏘기라도 할 수 있을 정도인데 수레와 말이 통행하며 여기에다가 가축을 기르기도 한다. 너무 트인 것이 싫으면 조장(照墻)[3]을 설치하여 문 앞을 막기도 하였다. 벽돌을 한 장씩 사이를 두고 쌓아서 음괘(陰卦)[4]와 같이 하며 혹은 띄어서 아(亞)자와 같이 하기도 하여 창틀을 대신하게 하였다.

또 벽돌을 쌓은 위에 회를 바르고 먹으로 난초나 국화 따위를 그리기도 하였다. 삐쭉삐쭉한 돌로 집 벽을 쌓아서 뜰 섬돌이 엇비슷하게 고르지 아니하면 청회(靑灰)로 얽어 붙여서 모두 가요(哥窯)[5] 모양으로 만들었다.

지붕 양 옆에는 둥글게 창을 뚫기도 하였으며, 벽돌을 이어서 바람막이를 만들었는데 칼로 벤 듯이 정교하였다.

산해관(山海關)[6] 동쪽에는 많은 가난한 백성들이 토실(土室)을 짓고 산다. 그 지은 방법을 보면, 삼면에는 담을 쌓고 앞쪽 한 면에는 나무를 걸쳐서 문틀을 만든 다음 옥수숫대를 긴 홰[炬]같이 다발지어 지붕에 걸쳐 덮는데 서까래 대용으로, 기와 대용으로 하는 것이었다. 두어 겹을 덮으면 두어 자 두께나 되며 당마루가 둥그스럼해지면서 평평해진다. 그 위에다 흙 혹은 잡회(雜灰)를 덮는다. 그 꼭지를 평평하게 하는 것은 비가 오더라도 덮은 흙이 흘러내리지 못하게 한 것이다.

기와집 제도도 또한 그러한데 당마루 없는 지붕이라 이른다. 혹은 말하기를 "요동벌에는 바람이 많이 부는데 당마루를 낮추고 흙을 덮으면 기와가 날라가지 않는다"고 한다.

초가 지붕은 모두 14, 5년 만에 한 번씩 짚으로 덮는다. 그 방법은 검불을 버리고 밑둥을 간추린 다음, 한 줌씩을 쥐어서 처마 끝에 벌여 놓는다. 뿌리 쪽을 아래로, 이삭 쪽을 위로 가게 하며, 한 줌을 펴면 진흙 한 덩이를 눌러서 벼를 거꾸로 심듯 한다. 두껍게 쌓아서 두 자 이상이 되면 방망이로 두들겨서 아주 굳게 붙도록 한다. 점점 올라가면서 비늘 달듯 하는데 비늘

사이는 매우 짧다.

맨 처음 쌓은 것이 두껍게 되면 짚뿌리는 점점 높아지고 이삭 쪽은 점점 낮게 되어서 두번째 비늘에 이르러서는 짚이 거의 거꾸로 서게 된다. 그렇기 때문에 지붕을 덮은 자리는 말갈기털을 깎고 그 끝을 보는 것 같다.

당마루는 진흙이나 회를 발라서 누르고 지붕 양 옆은 긴 나무막대기나 혹은 돌덩이로 눌러 둔다. 기와와 벽돌로 당마루 또는 양 옆을 덮어 옷에 선을 두르듯 하기도 하였다.

짚이 우리 나라 것에 비하면 대여섯 배나 되는데 대개 요동에는 논이 없는 까닭으로 모두 조(粟)짚을 이용한다. 그러나 남방에서는 물론 볏짚을 이용한다. 우리 나라 지붕은 빗질한 머리, 솔질한 털과도 같다.

대저 한 줄기의 풀이라도 세워 두면 먹이 닳듯 썩지만 눕혀 두면 썩는 것이 종이와 같은 것이다. 이것이 중국과 우리 나라의 지붕 덮는 방법의 차이이다.

중국 집은 비록 엉성하고 넓기만 하고 곡절(曲折)이 없으나 이로움이 대략 몇 가지 있다.

첫째, 삼면으로 필요하지 않은 처마가 없다. 따라서 지붕 밑은 한자 한치라도 다 유용하게 쓸 수가 있다.

둘째, 벽돌로 쌓았으므로 기울어지지 않는다.

셋째, 벽이 두꺼워서 춥지 않다.

넷째, 한번 문을 닫으면 광문·궤문·부엌문·방문

이 모두 닫혀져서 밤에 도둑이 들지도 모른다는 의구
심을 덜게 된다. 비록 들녘에 외따로이 있는 집이라도
담이 이미 구비되어 있는 것과 같기 때문이다.

우리 나라는 천 호나 되는 큰 고을에도 반듯하고 살
만한 집이 한 채도 없다.

깎지 않은 재목을 평평하지 않은 터에 세운다던가,
재목을 새끼줄로 얽고는 기울어졌는지 바르게 섰는지
도 살피지 않는다. 흙손을 구하지 아니하고 진흙을 손
으로 바르던가, 문에 틈이 있으면 개가죽을 찢어서 못
으로 박아 놓으니 그 못에 옷이 걸리기가 쉽다. 짚을
머리 땋는 것처럼 땋아서 붙이기도 하고 구들이 붉거
지거나 움푹 들어가기도 하여 앉을 때나 누울 때도 항
상 불편하며, 불을 지피면 연기가 방에 가득 차서 숨
이 막힌다. 창이 찢어지면 해진 버선으로 막기도 하는
데, 이런 것들을 보노라면 근본적인 본(本) 없다는 것
을 알 수 있을 것이다.

백성들이 눈으로는 반듯한 것을 보지 못했고, 손으
로는 정교함을 익히지 못했다. 여러 공예의 기술자라
는 무리도 또한 이 중에서 나온 사람이라, 만사에 거
칠고 조잡함이 습관화되어 버렸다. 바야흐로 이러한
때이니 비록 뛰어난 재주와 명확한 지혜를 가진 사람
이 있다 해도, 이미 이러한 풍습에 물들여져 있으니
이를 타파할 길이 없다.

그러면 장차 어떻게 하는 것이 좋겠는가? 결국 중국

을 본받는 것보다 나은 길이 없는 것 같다.

지금 도성(都城) 안에 더러 화려한 저택이 있기는 하나 그 대청과 온돌방에도 바둑판을 반듯하게 놓을 수가 없어 바둑판의 한 편 다리를 바둑돌로 괴어야만 한다.

여염(閭閻)의 작은 집들은 일어설 때에는 머리를 바로 들지 못하고 누울 때에는 다리를 능히 펼 수가 없다. 그러니 비록 집이 백 채라 해도 중국 집 열 채를 당하지 못하는 것이 된다. 또 수챗물이 제대로 빠져나가지 못해서 변소에 물이 항상 가득하고, 비가 조금만 와도 부엌에 물이 괴며, 냇가 근처에 있는 집은 모두 개울물이 넘칠까봐 여름 비만 원망하고 있다.

왜 그러는 것일까? 이는 중국처럼 도랑을 파고 둑을 쌓지 않았기 때문이다.

또 지세(地勢)의 높고 낮음을 살피지도 않고 냇물이 말라 모래 바닥이 조금 나오기만 하면 경계를 침범하여 집을 짓기 때문에 냇물이 많이 막히고 길도 통하지 못하게 된다. 이 지경에 이르러서는 주택 구조의 정묘하고 조잡함을 논할 필요조차 없고, 또한 국가의 법제(法制)가 시행되고 있는지, 안 되고 있는지를 엿볼 수 있는 것이다.

일본 집은 구리 기와, 나무 기와 등의 차이는 있으나 한 칸의 넓이와 창호(窓戶)의 치수는 임금, 관백(關伯)[7]으로부터 가난한 백성의 집에 이르기까지 다름이 없다. 가령 문이 한 짝 없으면 저자에 나가 사오는데

집을 그대로 옮긴 것처럼 꼭 맞는다. 칸막이 문〔屛障〕
과 상탁(床卓) 등도 부절(符節)[8]이 맞듯 한다. 그러니
주관(周官)[9]의 일부가 섬 가운데에 있는 것을 보고는
정말 뜻밖이라고 생각하지 않겠는가 말이다.

✻

1) 소목 : 사당(祠堂)에서 조상의 신주(神主)를 모시는 차례. 남향(南
   向)으로 서 있는 것을 표준해서 보면 오른편이 소(昭), 왼편이 목
   (穆)이 되는데 여기서는 가옥의 등위(等位)를 말한 것인 듯함.
2) 부도 : 부도(浮屠), 혹은 불도(佛圖)라고도 하는데, 탑·불교·승·
   부처 등 경우에 따라 여러 가지 의미로 쓰임.
3) 조장 : 장지처럼 앞을 가로막은 작은 담. 흰 회를 바르고 그림을
   그린 것은 화초담이라 함.
4) 음괘 : 괘(卦)모양을 음각(陰刻)한 것.
5) 가요 : 송나라 때 장(章)가 성을 가진 형제가 자기(磁器) 굴을 만들
   어 그릇을 구웠는데 형이 만든 굴을 가요라 했음. 《사해(辭海)》
6) 산해관 : 중국 하북성 임치현의 동쪽 문. 요동에서 중국에 들어가
   려면 반드시 이 관문을 지나야 했음.
7) 관백 : 일본 고대 관직의 하나. 천황(天皇)을 보좌하여 직무를 수행
   하던 중직(重職).
8) 부절 : 옛날의 인신(印信). 금·옥·구리·대나무 따위에 글자를 새
   기고 그것을 두 쪽으로 쪼개어 반쪽은 조정에 두고 반쪽은 외방
   관리에게 가지게 하는 것.
9) 《주관》: 《주례(周禮)》라는 책의 본래 명칭. 주관경(周官經)이라 하
   기도 하는데 그 글의 내용이 모두 주나라의 관제(官制)인 까닭에
   《주관》이라 하며 13경(經) 중의 하나.

도로(道路)

중국 수도의 큰 길은 우리 나라 육조(六曹 : 이·호·예·병·형·공조 등 6부를 말함) 앞 거리와 비교하면 삼분의 일을 더한 넓이에 해당된다.

문 앞에는 각각 물독을 놓아두고 자주 물을 뿌려서 먼지가 일어나지 않게 하고 겸해서 화재도 방비한다.

통주(通州)[1]에서 조양문(朝陽門)[2]까지의 사십 리 길은 도로의 폭이 두 칸인데 모두 돌을 깔았다. 큰 돌을 평평하게 갈아서 비석돌같이 만들어 깔았다. 세 모나 두 모를 서로 맞추어 깔아서 이음새가 어긋나게 한 것은 수레가 다님으로써 갈라지는 것을 방지하기 위한 것이고 비록 비가 몹시 오더라도 버선발로 다닐 만하다.

성문과 다리 양쪽 머리에도 모두 돌을 펴서 깔아 발길이 한쪽으로만 몰려 쉽게 닳아지는 것을 방비하였다. 심양(瀋陽)[3]에서 연경(燕京)까지 가는 길 양쪽에는 모두 나무를 심었다. 가끔 한 역참이나 두 역참 사이에 나무가 식목되지 않은 곳이 있으나 행인들은 천오백 리나 되는 거리를 녹음 속에서 걸어갈 수 있다.

대체로 요동(遼東) 들판은 아득히 넓고 의지할 만한 작은 둔덕조차도 한 군데가 없는데, 이들 가로수들은 바람이 불 때나 한창 더울 때에 사람들의 휴식처로서 큰 몫을 하고 있다.

이처럼 나무 심는 법령이 시행된 것은 옹정(雍正 : 청

나라 세종(世宗)의 연호) 연간이었는데, 우리 나라 사람들
이 이를 보고 수(隋)나라 때에 변경에 버드나무 심던
것과 같은 것이라고들 하지만 나는 그렇지 않다고 생
각한다.

반드시 길뿐만이 아니라 중국 사람들은 나무 심는
데에 부지런하여 거리와 골목에도 구름처럼 많은 나무
들이 서로 얽혀서 그 우거짐이 높은 기상을 나타내고
있고 울창함이 그림처럼 아름답다. 우리 나라에는 평
양 대동강 가의 수십 리 한길에 늘어선 수목만이 아름
다워서 볼 만한데 이 방법을 다른 곳에도 옮겨서 시행
하면 10년 안에 큰 숲으로 될 수 있을 텐데 이를 제대
로 알지 못하고 있다.

길 양쪽에는 반드시 도랑을 파놓았는데, 이는 길 닦
기 위함뿐만이 아니라 논밭도 보호하는 이득이 있다.

임금이 다니는 길은 황토로 쌓았는데 두께가 거의
한 자가량 되고 폭은 보통 길과 같았으나 거울같이 판
판하고 양편은 깎은 듯하다.

황제가 8월에 성경(盛京)과 홍경(興京)⁴⁾에 있는 능
(陵)에 참배하러 가기 위해 길을 똑바로 닦도록 조칙을
내린 적이 있다.

이때가 바로 4, 5월이었는데 군(郡)과 현(縣)에서는
기일에 앞서 군정(軍丁)을 동원시켜 흙삼태기와 가래를
가지고 모이도록 하였다. 그들은 표목(標木)을 세우고
줄자에 맞추어 닦아서, 서서 보아도 조금도 굽은 데가

없고 옆으로 내다 보아도 조금도 비뚤어지거나 낮은
데가 없도록 하였다. 높은 곳은 그 주위를 돋우어서
평평하게 하였고 깊은 곳은 흙을 쌓은 뒤 다시 새 흙
을 펴고 녹독(롤러)으로 다졌다.

　복판의 한가운데 길은 폭이 두 칸이고 좌우에 각각
한 칸 넓이의 작은 길을 닦아서 따라가는 시종들이 늘
어설 수 있도록 하였다.

　길 넓이에 따라 줄자를 대어 일정하게 흙을 파 일구
느라 백성들의 밭에 방금 심은 것이라도 모두 베어 내
었다. 길을 닦은 지 오래 되어 풀이 나면 다시 깎고,
사람들이 다니는 것을 금하였다. 〔9월에 유득공(柳得恭)
이 심양에 갔다왔는데 길 양쪽에 세웠던 거마목(巨馬木
：전쟁 때 적의 침입을 막는 기구)이 모두 누른빛이었다
한다.〕

　하나의 역참(驛站)이 있는 60리마다 길 옆으로 평방
백 보나 되는 땅을 닦아서 행궁(行宮)[5]이 머물러 잘 수
있도록 하였다. 또 10보 사이에는 반드시 흙 두어 말을
덮어두었는데 이는 보충할 흙을 준비해 놓은 것이다.

　지금 우리 나라에서 길을 닦을 때에는 모두 땅 표면
을 긁어서 흙 빛깔만 해롭게 할 뿐, 실제로는 몇 발자
국도 평평하게 하지 못하고 있다. 또 돌을 간 것도 판
판하게 하지 못해서 울퉁불퉁하여 넘어지기 쉽게 되어
있다.

　또한 일반 백성들이 전(廛：시장)을 열고 물건을 매

매하는 것을 가가(假家)라 하는데 처음에는 처마 밑에
달아 지은 것으로 집으로 옮겨 들일 수 있는 작은 것
에 불과했으나 차츰 흙을 바르고 쌓다가 드디어는 길
을 차지하게 되었다. 문 앞에는 나무까지 심어서 말
탄 사람끼리 서로 만나면 길이 좁아서 다닐 수가 없는
경우도 있었다.

길과 거리는 모두 일정한 보수(步數)가 있고, 율법
(律法)에도 거리와 골목을 점령하여 방을 들이고 집을
증축하는 것을 처벌하는 조문이 있으니 이 법의 취지
에 맞게 단속하는 것이 마땅하다.

❀

1) 통주 : 중국 하북성(河北省) 현 중의 하나. 청태조(淸太祖)가 여기에
   도읍을 정한 뒤로 성경(盛京)이라 불림.
2) 조양문 : 북경 내성(內城)에 있는 문으로 일명 제화문(齊化門)이라
   고 함.
3) 심양 : 여진족이 청나라를 세우면서 최초로 도읍지를 정한 곳으로,
   초기에는 성경성(盛京城)이라고 했음. 만주 지역의 공업 중심지로
   일제에 의해 세워진 만주국의 수도였던 곳. 이후 중국 공산당의
   정치조직, 토지개혁 등을 위한 사전 시범지역으로 선정되어 많은
   중국 공산당 인재들이 이곳에서 배출되기도 하였음.
4) 흥경 : 고을 이름. 청나라 태조(太祖)가 여기를 도읍으로 한 다음부
   터 흥경이라 함.
5) 행궁 : 임금이 순행중에 일시 머무는 곳. 행재(行在) 또는 행재소
   (行在所)라 부르기도 함.

교량(橋梁)

다리 문은 모두 무지개 모양 같아서 큰 것은 돛단배가 지나갈 수가 있고, 작은 것이라도 작은 배는 통과할 수가 있다.

벽돌로 된 다리는 먼저 나무를 걸쳐서 기둥으로 하고, 기둥마다 벽돌로 주초를 하였으며, 또한 기둥도 벽돌로 에워쌌으므로 기둥이 물에 젖을 염려가 없다. 무지개처럼 둥글게 휜 문은 나무를 걸쳐서 틀을 만들었다가 벽돌이 마른 뒤에 빼어 낸다.

다리에는 반드시 난간이 있으며 나무로 만든 난간은 붉은 칠을 해서 빛이 났고, 돌 난간에는 천록(天祿)[1] 과 사자(獅子) 등을 새겼는데 입을 딱 벌린 것이 살아 움직이는 듯하다.

대체로 다리는 둥근 것이 좋다고 하는데 이는 높게 할 수 있기 때문이다.

지금 성안에 있는 돌다리는 모두 평평하므로 큰 비가 오면 물이 언제나 넘치곤 한다. 고을 사이를 통하는 큰 길에도 한 해 이상 견디는 다리가 없을 정도다. 두 갈래로 나무를 깔고 솔잎을 덮은 다음 흙을 덮고서 다니는데 말의 발이 자주 빠지곤 한다.

때로는 무너지는 것을 염려해서 백성을 동원하여 물에 들어가서 다리 교각을 붙잡고 있게 했는데, 과연 무너지려는 다리를 건너다 사람과 말이 다 넘어지는 것을 능히 사람의 힘으로 구할 수 있겠는가? 그 근본 대책을 세우지 못하고 쓸데없는 짓을 하고 있으니 우리의 현 실정이 이와 같은 것이다.

자산(子産)[2]이 사람을 수레에 태워서 물을 건네 준 것조차도 오히려 정치할 줄 모른다 하였거늘, 지금 때도 없이 백성을 종일토록 물 속에 서 있게 한다면 저 다리는 무엇하러 세워 놓았는가 말이다.

나는 백성들이 더운 철인데도 추워서 떠는 것을 보고 하도 민망해서 사신(使臣)에게 다리 잡는 짓을 속히 없애도록 요구하였다. 이와 같이 헛된 일들이 하도 많으니 백성이 어찌 번거롭지 않겠는가 말이다.

따라서 백성을 편하게 하려고 하는 자는 먼저 그들이 제대로 일을 하게 해주는 것이 바로 그들을 이롭게 하는 것이다. 그리하여 백성들이 일을 잘 할 수 있게 된 뒤에라야 정치하는 사람들이 베개를 높게 하고 누울 수 있을 것이다.

＊

1) 천록 : 사슴과 비슷하나 꼬리가 길며, 뿔이 하나인 짐승. 《사해(辭海)》
2) 자산 : 춘추시대 정(鄭)나라의 대부(大夫)였던 공손교(公孫僑). 자산(子産)은 그의 자. 간공(簡公) 때부터 국정을 맡아서 안팎으로 정사를 잘했기 때문에 강대국 틈에 끼인 작은 나라로서 수십 년 동안이나 병란(兵亂)을 겪지 않을 수 있었음.

축목(畜牧)

요동(遼東) 땅 좌우 이십 리에서는 닭과 개소리가 서로 들리고 가축이 떼지어 노는 것이 보인다. 길에는 걸어다니는 사람의 그림자가 매우 드물며 거지들도 나귀를 타고 다닌다. 조금 부잣집이면 가축이 십여 종 수백 마리에 이르는데 말·노새·나귀·소가 각각 십여 필이고, 돼지·염소가 또한 각각 수십 필, 개 두어 마리에다 낙타 한두 마리를 먹이고, 닭·거위·오리가 각각 수십 마리나 된다.

또 비둘기[飛奴]·화미(畵眉)·납취(蠟嘴)·동취(銅嘴)[1] 등도 기르는데 여러 문양을 아로새겨 놓은 조롱(鳥籠)과 채색된 집에 다 길들여서 기르는 것을 낙(樂)으로 삼고 있다.

관마산(官馬山)이란 산이 있는데, 이 산은 관(官)에서 경영하는 목마장(牧馬場)으로 말이 산을 거의 뒤덮은 것처럼 많이 사육하고 있다.

그 밖에도 수천 마리씩 무리진 채 돌아다니고 있는 가축을 모두 들판에서 방목(放牧)하고 있는데, 눈 오는 날씨에도 마시고 먹는 것을 제멋대로 하도록 하였다.

만약에 이것들을 모두 마구간에 넣어 사료를 먹이려고 한다면 비록 천자(天子)가 아무리 부(富)하여도 이를 감당치 못할 것이다.

가축 중에서 시기에 따라 부려야 하는 것은 일의 경

중(輕重)을 보아서 먹이를 갑절로 하는데, 하루에 먹이는 것이 때로는 두 말 곡식이 되기도 한다. 사료는 대개가 소금에 볶은 보리·옥수수·콩 등 사람들이 먹는 곡식류이지 겨·쭉정이·지게미 등 사람이 먹지 못하는 것들이 아니다.

다른 짐승의 먹이도 곡식이 대부분인데, 옛날 사람들이 흉년이 들면 말에게는 조(粟)를 먹이지 않는다는 기록을 보면 보통 평년에는 조를 먹였다는 것을 알 수 있다.

어떤 사람은 말하기를, "중국 말이 먹는 곡식은 우리 나라에서 사람이 먹는 것의 반은 된다"고 하나 이는 심한 표현이고, 곡식이 풍부하기 때문에 먹이는 데 별로 큰 어려움이 없다는 표현이 그렇게 된 것으로 보인다.

날이 저물면 들에 나가서 좋은 말을 잡아 타고 소리를 질러서 부르며 막대기를 휘둘러 몰게 되면 모든 말들이 그를 따라 모두 집으로 들어간다. 말무리의 행동이 혼란스럽지 않고, 또 놀라 날뛰지도 않아서 십여 살 된 아이라도 능히 말들을 몰 수가 있다.

양과 돼지를 몰이하는 사람은 각기 수백 마리씩을 거느리고 가다가 서로 마주치게 되면 서로 섞이는 바람에 여간해서는 이들을 통제할 수 없을 듯하지만, 그럴 때 휘파람을 한 번 불고 채찍 소리를 내게 되면 머리를 동과 서로 돌려서 각기 원래 가던 방향으로 가곤 한다.

목축이란 것은 나라의 큰 정사라고 할 수 있다. 농사 일은 소를 기르는 일이 중요하고, 군사 일은 말을 훈련시키는 일이며, 푸줏간 일은 돼지·양·거위·오리를 사육하는 데 있다. 그런데도 요즘 사람들은 도무지 이런 일을 배우려 하지 않는다.

고기를 먹으면 꼭 소고기나 먹으려 하고, 말을 다루는 데는 반드시 말 모는 이가 정해져 있으며, 양은 개인적으로는 기르는 일이 없다. 또 돼지 네댓 마리를 모는 자는 돼지 귀를 꿰어서 다녀도 오히려 달아나고 부딪치는 것을 걱정하니 이는 점점 짐승을 다루는 방법이 궁색해지고 있음을 알 수 있다.

이렇게 짐승 다루는 방법이 궁색해지고 있으니 나라 또한 부강해지지 못하는 것이다. 이러한 원인은 다름이 아니고 중국을 배우지 않는 데서 나타나는 과오이다.

✽

1) 화미·납취·동취 : 모두 미상. 아마도 길들여서 먹이는 새들의 종류인 듯함.

소[牛]

보통 소는 코를 뚫지 않는다. 그러나 남방(南方) 물

소만은 그 성질이 사납기 때문에 코를 뚫는다.

우리 나라 소에는 종종 서북(西北) 지방의 공무역(公貿易) 시장[開市]을 통해서 중국으로부터 들여온 것이 있는데, 우리 나라 소는 콧대가 낮으므로 이들 소와 쉽게 구별할 수 있다.

이곳 소는 뿔이 작고 옹졸하여 고르게 나지는 않았으나 휘어서 바르게 할 수 있다. 그 밖에 털빛이 온통 푸른 것도 있다 하나 보지는 못하였다.

이곳에서는 소를 항상 미역 감기고 손질해 준다. 우리 나라 소는 죽을 때까지 씻기지 않아, 몸뚱이에 말라붙은 똥으로 더럽혀져 있는 것과는 사뭇 다르다.

당(唐)나라 시(詩)에, "푸른 기름 입힌 수레 가볍게 가고, 이를 끄는 금빛 송아지 살찌기도 하였다[油碧車輕金犢肥]" 하였으니 이는 소의 털빛이 윤택함을 읊은 것이다.

또 이곳에서는 소의 도살(屠殺)을 금하고 있다. 황성 안에는 돼지 고깃간이 72개소가 있고 한 곳에서 삼백 마리분를 판다. 양 고깃간은 70개소인데 이 또한 돼지 고기의 양과 마찬가지로 팔린다. 이처럼 중국인들은 많은 양고기를 먹는다. 이에 비해 길에서 소고기를 파는 사람을 만나 자세히 알아보니 쇠고깃간은 오직 3개소뿐이라고 하였다.

그러나 우리 나라에서는 매일 소 5백 마리가 죽어가고 있다. 나라에서 거행하는 제향(祭享)과 호궤(犒饋) 및 성균관(成均館) 5부 안에 20곳의 고깃간이 있

고, 3백 여 주(州)의 관(官)에도 반드시 고깃간이 있게
마련이다. 작은 고을에서는 날마다 소를 잡지는 않지
만 큰 고을에서는 두세 마리씩 겹쳐 잡으니 결국은 날
마다 잡는 셈이다.

또 서울과 지방에서 혼인 잔치 때나 장례를 치를 때
잡는 것은 대개가 법령(法令)을 어기면서 사사로이 잡
는 것이 많은데, 이를 합치면 대충 계산하여도 매일
잡는다는 것을 알 수 있다.

무릇 소는 세 살이 되어야 새끼를 밸 수 있고, 밴 지
열 달 만에 새끼를 낳는다. 즉 몇 해 만에 겨우 한 마
리를 낳는 것인데 이러한 소를 날마다 천(千)이라는 숫
자의 반을 죽인다면 앞으로는 이 수요에 충족시키지
못한다는 것은 분명하다. 그러므로 나날이 소가 귀해
질 수밖에 없다.

농부들은 스스로 소를 갖지 못하고 있는 자가 많다.
때문에 농사철이면 이웃에서 소를 빌려야 하고 그 대
가로 날[日]수를 계산하여 사람이 대신 일을 해준다.
그러다 보니 밭갈이를 제때에 맞추기가 힘들게 된다.

소를 죽이지 못하게 한다면, 몇 년 안에 농사를 때
에 맞추어 지을 수 있을 것이다.

어떤 사람은 "우리 나라에는 별다는 짐승이 없어 소
잡는 것을 금지하면 먹을 고기가 없게 된다"고 한다.
그러나 이는 그렇지 않다.

소 잡는 것을 금하면 백성들이 딴 짐승을 기르는 데

힘을 쓸 것이므로 돼지와 염소의 사육이 번성해질 것이다. 예를 들어, 지금 어떤 사람이 돼지 두 마리를 사서 짊어지고 가다 보니 서로 눌려서 죽어 버리자 그 고기를 팔 수밖에 없었는데, 하도 안 팔려서 밤을 넘겼는데도 아직도 고기가 남아 있는 지경이다. 이와 같이 사람들이 돼지고기를 많이 먹지 않는 것은 그것을 즐기지 않기 때문이 아니라 소고기가 특히 많은 까닭이다.

어떤 사람은 "돼지고기나 염소고기는 우리 나라 사람의 식성에 길들여 있지 않아서 병이 날까 염려스럽다"고 말하기도 한다. 그러나 이는 틀린 말이다. 그렇다면 중국 사람들은 왜 병들지 않는다는 말인가? 식성은 길들이기에 달려 있는 것이다.

율곡(栗谷)은 평생토록 소고기를 먹지 않았다고 한다. 그는 늘 말하기를 "소의 힘으로 지은 곡식을 우리들이 먹으면서 어떻게 또 그 고기를 먹는다는 말인가?"라고 하였으니 이는 참으로 당연한 말이라 생각된다.

말[馬]

중국 사람은 말을 끄는 하인이 없이 말을 탄다.

고삐를 재갈에다 매어서 스스로 당기면서 부리는 것

이다. 걸음은 말의 성질에 따라 달리기도 하고 천천히 가게 하기도 한다.

또 자주 내렸다 타곤 하는데 이는 말이 충분히 쉬도록 하려는 것이다. 그리고 털을 항상 빗질하고 씻겨서 냄새가 없게 해준다.

매년 봄, 풀이 파랗게 나게 되면 수말에게는 방울을 달아 주어 교미(交尾)시킬 수 있음을 알린다. 이때 수말의 임자는 은(銀) 닷 냥을 받게 된다. 만약 뛰어나게 좋은 망아지라도 태어나면 먼저 받았던 은(銀)만큼 또 받을 수 있다.

말을 타는 데 말을 끄는 하인을 쓰는 것은 좋지 못하다.

무릇 사람이 말을 이용하는 것은 걷는 수고로움을 없애려는 것인데 한 사람은 타고 다른 한 사람은 말과 함께 걸어야 한다는 게 이치에 맞기나 하단 말인가……

말은 한 번에 두어 마장이나 뛰어 하루에 천 리를 달리는 짐승인데, 사람에게 이끌리다 보면 그 기능을 발휘할 수 없음이 당연하다. 또 싸움터에 나아가 진을 치고 있는 곳에 급한 일이 있을 때라도 항상 말을 모는 하인에게 이끌려 다니기만 하던 말은 시키는 대로 따르지 않아 반드시 실패하고 만다. 그뿐만이 아니다. 말 모는 하인이 말을 이끌면 하인 자신은 편한 길을 걷고, 말은 험한 길로 몰게 되므로 말을 탔어도 편하지 않을 것이 분명하다.

또 재갈이 말을 모는 하인 손에 잡혔으니 고삐는 겉
치레뿐이라 만일 말이 놀라서 갑자기 뛰기라도 한다면
도저히 막을 길이 없는 것이다.

그 밖에도 말을 모는 하인은 말의 목을 억눌러서 자
신의 걸음 속도와 같게 하려 하는데, 이는 사람이 자
신의 걸음을 따르게 하는 것이므로 말의 능력을 다 발
휘할 수 없도록 한다. 따라서 이처럼 먹이는 것도 제
대로 하지 않고 달리는 것도 제 능력대로 하지 못하게
하니, 아마 말이 말[言]을 한다면 할말이 많을 것이다.

또 길이가 두어 발이나 되는 한 가닥 가죽끈을 가지
고 10보 밖에서 느슨하게 이끄는 것을 좌견(左牽)이라
하는데 벼슬아치들이 이짓을 많이 한다. 그렇다면 이
는 무슨 짓인가? 이는 그야말로 자신의 지위나 풍채를
뽐내는 외에는 아무런 보탬도 없는 것이고, 게다가 말
을 넘어뜨리기에 알맞을 뿐이다.

또 다리 힘이 빠진다 하여 나라 안의 수천 마리나 되
는 말로 하여금 교미하는 것을 금하게 하니, 이는 해마
다 말 수천 마리를 잃는 것이나 마찬가지이다. 가끔 새
끼 말이 따라다니는 것을 볼 수는 있으나 이는 천 마리
중에 어쩌다 금하는 교미를 범한 말일 뿐이다.

이렇게 교미를 금지함에도 불구하고 병든 말은 항상
중국 말보다 더 많고, 우는 소리도 그들만 훨씬 못하
다. 중국 말은 대체로 우리 나라 말보다 아주 크고 의
젓하다. 우리 나라 말이 시끄럽게 굴어도 입을 다물고

우뚝 서서 다투지 아니한다.

매양 조회(朝會) 때 예궐(詣闕 : 입궐)하는 것을 보면, 모든 관원이 말을 궐문 밖에 놓아둔다. 매놓거나 지키지 않아도 모두 조용히 머리를 하나같이 가지런히 하고 제자리를 옮기거나 바꾸지 않는다.

조회를 마치고 나와서 각자 자기 말을 찾아가는데 이때 사람들의 행동도 마찬가지다. 시끄럽게 불러 대거나 자리 다툼을 하는 법이 없다.

이와 같으니 행진할 때에도 엄숙하며 나들이할 때도 조용하다. 이것은 모두 평소에 잘 길들인 데 그 원인이 있다 하겠다.

어떤 사람은 "말을 길들이는 것은 무사(武士)의 책임이고 문신(文臣)은 그럴 필요가 없다"고 하나 이는 옳지 않은 말이다.

활 쏘는 데에는 문무(文武)의 구별이 있지만 말에는 없다. 지금 문신이 타던 말이라 할지라도 언젠가는 전사(戰士)가 타야 할 말이기 때문이다. 그렇기 때문에 말 기르는 것을 중국에서 배워야 한다는 것이다. 그러면 군사를 번거롭게 하지 않아도 군사는 저절로 편하게 될 것이다.

중국에서는 말에게 죽을 먹이지 않는다. 마른 곡식을 소금에 볶아서 먹인 다음 냉수를 마시게 한다. 짠 것을 먹이는 것은 목을 마르게 하여 물을 먹게 하려는 것이다. 또한 물을 먹이는 것은 오줌을 많이 누게 하

려는 것이니, 말 같은 짐승은 오줌을 잘 누면 병이 없
어지기 때문이다.

정악(鄭鍔)은, "짐승은 사람과 달라서 아픈 곳을 말
하지 못한다. 때문에 병든 곳을 알기가 어렵다. 치료
하는 방법은 먼저 약을 먹인 다음 걸음을 걷게 하면
병든 곳을 알 수 있다. 그러나 자꾸 걸리면 병이 더욱
심해지니 조심해야 한다. 그리고 기맥(氣脈)을 움직이
게 하여 그것이 나타나는 곳을 따라서 치료하면 된다.
그러나 기맥가 나타나지 않으면 약을 쓸 길이 없다.
부스럼을 치료할 때에는 약물로 씻어 내고 그 다음에
는 나쁜 살점을 긁어서 헤쳐 낸다. 그런 다음에 곁에
다 약을 붙이고 안으로 원기(元氣)를 조양시키며 꼴을
먹인다. 이것이 짐승의 종기를 치료하는 방법이다"라
고 하였다. 《주례》〈수의주(獸醫註)〉

또한 《주례》에는 "말은 수컷이 암컷의 사분의 일이
다" 하였다.

※ 원주(原註) : 정사농(鄭士農)이 말하기를, "사분의 일이란 것은
암컷 네 마리에 수컷 한 마리 꼴이라는 말이다"라고 하였다.

〈월령(月令)〉[1]에서는 "삼월이 되면 날뛰는 수천 마리
말을 목장(牧場)에 놓아서 교미시킨다"고 하였다. 진혜
전(秦蕙田)[2]은 "유인(庾人)[3]이 수컷을 부리면서 몹시
괴롭게 하지 않는 것은 그 기혈(氣血)을 편케 하려는

것이고, 교인(校人)⁴⁾이 여름에 수컷을 몹시 괴롭히는
것은 암컷이 방금 새끼를 배었기 때문에 기운을 죽여
서 암컷에 가까이 하지 못하게 하는 것인데, 이 방법
이 말을 번식시키는 근본으로 되어 있다. 이것은 모두
성왕(聖王)께서 시기에 순응하여 만물을 생육(生育)시
키면서 능히 생물들의 본성을 다하도록 한 뜻이다"라
고 말하였다.

❋

1) 〈월령〉: 《예기(禮記)》의 편명. 12개월 절후에 따라 포고(布告)한 정
    령(政令)을 기록한 것임.
2) 진혜전 : 청나라 건륭(乾隆)시대 사람. 경술(經術)에 밝고 행실이
    독실했으며 형부상서(刑部尙書)와 태자태보(太子太保) 벼슬을 했음.
3) 유인 : 벼슬 이름. 《주례》 하관(夏官)인데 말을 번식시키는 직무를
    맡은 관직.
4) 교인 : 마관(馬官)의 어른. 《주례》 하관 교인조(校人條)에, "교인이
    왕의 말에 대한 일을 관장(管掌)한다" 하였다.

나귀〔驢〕

중국에서 나귀는 천한 짐승으로 취급된다. 그러나
당나라 말기에 선비들이 사치스런 것을 너무 숭상하는
탓에 말을 못 타게 하였기 때문에 과거 보러 가는 자
가 모두 나귀를 타게 되었다고 한다.

그러나 우리 나라에는 나귀를 이용함이 오히려 드물다. 이는 토산(土産)물이 없어서 그들을 이용하지 않는 것이 아니고 나귀의 힘을 이용할 줄을 모르기 때문이다. 어쩌다 가끔씩 한번 타고 다닐 뿐이지, 중국처럼 물을 긷거나, 맷돌을 돌리거나, 수레를 끌게 하거나 나아가서는 밭갈이에조차도 이용할 줄을 모른다.

지금이라도 배워서 이용하려고 해도 그렇게 되지 않는 것은 나귀를 아끼고 사랑하기 때문이 아니라 나귀를 이용할 기구(器具)가 전혀 없기 때문이다.

물 긷는 통 한 가지만 보더라도 그렇다. 물통에 반드시 고리가 있어야 하는데 우리네 것은 고리가 없으므로 새로 고쳐야만 이를 이용할 수 있게 되어 있다. 그렇기 때문에 이용할 곳도 없는 나귀를 가난한 백성들은 기르기만 힘들다고 생각하기 때문에 번식시키는 것조차 매우 드물게 된 것이다.

중국에서는 맷돌을 굴리는 나귀를 가죽 조각으로 두 눈을 가리운다. 빙빙 돌아가는 것을 모르게 하기 위해서이다. 알게 되면 곧 현기증을 일으키기 때문이다. 물고기를 기르는 데에 반드시 섬〔島〕을 만들어 주는 것과도 같은 이치이다. 물고기가 섬을 돌아다니면서 날마다 천리 길을 다니는 것으로 여기게 하는 것과 같은 이치이다.

또 쌀을 실을 때에는 면포(綿布)로 닷 말들이 자루 석 장을 잇달아 만들고 복판 부분은 비우게 하여서 나귀 등에 싣는다. 그러면 쌀이 양쪽 끝으로 처져, 나귀 등에 착 달라붙어서 요동하지를 않는다. 이런 자루는 좌우로 엇비슷하게 걸쳐져서 물렛살과 같은 형상이 된다.

물을 긷게 하는 데에는 배에다 감는 끈이 필요하다. 물 긷는 통은 모두 길며 양쪽에 귀가 뚫려 있어 배에 감는 끈에다가 나무를 가로 대고 물통고리를 좌우로 꿴다. 나귀는 물통을 달고서 제대로 집에 돌아갔다가 다시 우물가로 온다.

역참(驛站)에 있는 나귀는 10리에 10문(文)씩의 세를 받는다. 따라가는 사람은 없고 다만 예약한 역참에 있는 가게에 나귀를 맡겨 둔다. 그래서 돌아오는 인편에 같이 오도록 한다. 반대편에서 오는 나귀도 또한 이쪽에서 가는 것과 똑같은 방법으로 한다. 나귀는 미리 예약한 역참에 도착하면 절대로 더 이상 가지 않는다.

안장〔鞍〕

안장은 극히 가볍고 편하게 되어 있다. 등자(鐙子)[1]는 앞쪽으로 드리워져 있으므로 타고 앉으면 걸터앉은 것과 같은 느낌이다. 따라서 종일토록 가도 다리를 늘 어뜨려야 하는 괴로움을 느낄 수가 없다.

말다래〔障泥〕[2]는 모두 온 폭을 사용하여서 등을 덮었다.

또 양쪽 모서리를 뚫고 배를 묶은 뱃대끈을 갈고리로 걸었으므로 말에서 내리지 않아도 끈을 느슨하게 할 수도 있고 조일 수도 있게 되었다. 말을 세우고 쉴 때에는 안장은 풀어서 베개로 하고 말다래는 펴서 자리로 삼기도 한다.

나무로 만든 뱃대는 아주 매끈하게 만들어서 끈 같은 것이 살에 파고들지 못하도록 되어 있다. 수레를 끌 적에 쓰는 뱃대는 연의 얼레처럼 만들어 가죽끈을 감게 되어 있다.

우리 나라에서 먼저 개선해야 할 것은 말에 관한 것들인데, 첫째로 안장을 개량하는 일이 가장 시급하다. 지금 쓰고 있는 안장과 뱃대는 타는 사람의 무게보다 더 무겁다. 또 자갈과 언치[3] 등을 얽어매는 기구가 거칠고 딱딱하여 말이 편안하지가 못하다. 그러므로 그런 기구가 닿는 말의 피부는 항상 곪아 있는 형편이다.

《송사(宋史)》에 보면 "말 안장이 편하지 못하면 말을 갑자기 돌릴 적에 기수의 재주대로 다하지 못하니 거란(契丹)의 안장 제도를 배워 그대로 하기를 바란다"라는 말이 있다.

그러나 우리 나라 사람은 중국 안장만이라도 배우면 편할 것을 그 중국 제도마저 버리고 우리 나라 제도대로 고쳐서 불편함을 자아내고 있다.

다만 별군직(別軍職)에 있는 무사(武士)들만은 나라에서 하사한 중국식 안장을 그대로 사용하고 있을 뿐이고, 그 밖의 모든 사람들은 이를 미심쩍게 여겨 사용하지 않으니 습속(習俗)의 그릇됨이 이런 지경에까지 이르렀다.

가죽으로 안장을 덮는 것을 안갑(鞍甲)이라고 한다. 이 안갑 없이는 누구도 말을 타려 하지 않는다.

안장 꼭대기의 손 닿는 곳은 가죽이 항상 뚫어지기 쉬운데 그러면 곧 버리게 된다. 안쪽은 단단하게 굳은 나무인데 겉에다가 엷고 약한 가죽을 덮었으므로 쉽게 구멍이 나게 되어 가죽만 허비하게 되는 꼴이 되고 만다. 이는 유익함이 없을 뿐만 아니라 오히려 손해만 보게 되는 것이다.

그러나 듣건대 이런 풍습이 오래 된 것은 아니라는 것이다. 처음에는 유지(油紙)를 덮어서 비에 젖는 것을 방지하던 것이었는데, 유지 대신 가죽을 이용하게 되면서부터 갠 날에도 그대로 쓰게 된 것이라고 한다.

또 말다래는 두 폭으로 되어 있으므로 자주 비끄러매도 떨어지기가 쉽게 되어 있다. 말의 배를 묶은 끈의 갈고리가 말다래 위로 나오지 않았으므로 말이 허기져서 배가 줄어들면 반드시 안장을 내리고 부담[4]을 걷은 다음에야 다시 고쳐 묶어야만 한다.

그러므로 급할 때에는 반드시 곤란한 지경에 처하게 될 것이 분명하다.

또 등자를 말다래 한복판쯤에 드리웠으므로 발로 밟지 않으면 위태롭고 밟으면 다리에 항상 힘을 주게 되어서, 말을 탔을 때 느껴지는 피로가 오히려 걸을 때보다 더 심하게 된다.

그 밖에도 우리 나라는 중국과 반대로, 행구(行具 : 행장)를 안장 앞 꼭대기에 많이 다는데 이것은 마땅히 뒤쪽에 다는 것이 옳다. 무릇 말안장은 앞쪽에 당겨져 있고 나귀 안장은 뒤쪽에 당겨져 있는데, 대개 말의 힘은 앞어깨 쪽에 많고 나귀 힘은 엉덩이 쪽에 많은 까닭이다. 그렇다면 메는 힘은 허리에 있는 것이니 안장은 복판에 있는 것이 당연하다.

《송사(宋史)》 병지(兵志)에, "희령(熙寧) 5년 겨울에 기병(騎兵)이 큰 안장을 가지고는 야전(野戰)하기에 불편하다 하여 비로소 작은 안장을 만들었다. 언치를 가죽으로 만들고 등자를 나무로 만들었더니, 말을 급히 돌리기에 좋았으며 말타고 활쏘는 데도 빨리 행동할 수 있었다. 또 말타기에 익숙한 변방 사람을 뽑아 여러 군(軍)에 나누어 보내서 연습하게 하였다"는 기록이 있다.

❋

1) 등자 : 말을 탔을 때 두 발을 디디는 제구(蹄俱).
2) 말다래 : 말의 배 양쪽에 달아 늘어뜨려 진땅의 흙이 튀는 것을 막아 주는 제구.
3) 언치 : 말이나 소의 등에 덮어 주는 방석이나 담요.

4) 부담 : 옷, 책 따위를 말 등에 싣고 사람도 탈 수 있도록 말 잔등
  에 매는 틀.

구유〔槽〕

구유의 위는 넓고 밑은 좁다. 긴 판자 조각 셋을 합
치고 양쪽 모퉁이를 막았는데 이쪽저쪽으로 갈아 끼울
수도 있고, 또 합치게 할 수도 있으며 분리시킬 수도
있다. 버팀목 다리의 높이는 걸상만하다.

우리 나라처럼 통나무를 파서 만들 필요가 없는 것
이다.

또 가게 앞에는 항상 구유를 벌여 놓고 짚을 썰어
놓아서 여행자들이 말에게 먹일 수 있도록 준비해 놓
았다. 값은 말이 먹는 시간에 따라 받는다. 또 연경(燕
京) 우물가에는 따로 물 구유가 있다. 이 물 구유는 홈
통으로 물을 받아 두었다가 말이 자유롭게 물을 마시
고 갈 수 있도록 준비해 두었다.

저자〔市井〕

연경(燕京)에 있는 아홉 개 문 안팎의 수십 리 사이

는 관부(官府)의 아문(衙門)과 아주 작은 골목이나 거리 외에는 길을 끼고 양편이 모두 시장이다. 시골도 또한 마찬가지여서 마치 옷에다 선을 두른 듯하다.

상호(商號)나 팔고 있는 물품의 명칭과 품목을 적은 간판이 가로 세로로 걸려 있다. 그 중에는 금으로 쓴 휘황찬란한 간판도 있고, 큰길가에는 판옥(板屋 : 널빤지로 지은 집)을 층층으로 이어 지은 다음 붉게 칠하였다.

골목 입구나 문 앞에는 각각 화표(華表)[1]와 목궐(木闕)[2]을 세웠다.

가게 안에는 항상 사람들이 북적거려서 마치 극장(劇場) 구경이나 하는 것과 같았다. 또 동악묘(東岳廟)·융복사(隆福寺) 같은 곳에서 특별히 저자를 개설하는 날에는 기묘한 값진 보배들이 많이 나온다.

우리 나라 사람이 중국 시장의 융성함을 보고는 "이(利)만을 아는 사람들"이라고 하나, 그것은 하나만 알고 둘은 모르는 소리이다.

장사치라고 하는 부류도 사민(四民 : 사·농·공·상의 보통민) 중의 하나이므로, 사·농·공에 통하는 것으로 이들 인구가 십분의 일이 안 되면 안 되는 것이다.

사람들은 지금 쌀밥을 먹고 비단옷만 입으면 그 밖의 것은 필요 없는 줄로 알고 있다. 그러나 쓸모 없는 물건을 사용하기 위해서는 쓸모 있는 물건과 통하게 하지 않으면 안 되는 것인데, 만약 이렇게 하지 않으면 쓸모 있는 물건도 장차는 모두 한 곳으로 치우치게 되어 제대로 유통(流通)되지 못한 채 한 쪽에서만 이용하게 됨으로써 모자라기 쉽게 된다.

그러므로 옛 성왕(聖王)이 주옥(珠玉)과 화폐(貨幣) 등을 만들어 가벼운 것으로써 무거운 것을 대신하게 했던 것이다. 즉 쓸모 없는 것으로 쓸모 있는 것을 돕도록 한 것이다.

또 배와 수레를 만들어서 험하고 막힌 곳을 통하게 하였으면서도 천리 만리나 되는 먼 곳의 물자가 유통되지 않는 것은 아닌지 염려를 하였다 하니, 성왕이 얼마나 널리 애를 썼었는지 알 수 있을 것이다.

이제 우리 나라도 지방이 수천 리나 되고 백성이 적지 않으며 물자도 구비되어 있건만, 산과 물〔澤〕에서 생산되는 물자도 다 이용하지 못하고 있는 것은 경제의 이치를 모르기 때문이다. 날마다 쓰이는 것에 대한 일은 아예 생각지도 않고 연구하지도 않으면서, 중국의 가옥(家屋)·거마(車馬)·단청(丹靑)·비단 등의 훌륭한 것을 보고 "아주 사치가 심하다"고 비웃고만 있다.

중국의 역대 왕조에서는 사실 사치하다가 망한 적도 있다. 그렇지만 우리 나라는 검소한 데도 쇠퇴하고 있는 것은 무슨 까닭일까?

검소하다는 것은 물건이 있어도 남용하지 않는 것을 말하는 것이지, 자신에게 물건이 없다 하여 스스로 단념하는 것을 말하는 것은 아니다. 지금 나라 안에 구슬을 캐는 집이 없고 시장에 산호 따위 등의 보배가

없다. 또 금과 은을 가지고 가게에 들어가도 떡을 살
수 없는 형편이다.

이것이 참으로 검소한 풍속 때문이라고 할 수 있겠
는가? 아니다. 이것은 물건을 이용하는 방법을 모르기
때문이다. 이용할 줄 모르니 생산할 줄도 모르고, 생
산할 줄 모르니 백성은 나날이 궁핍해 가는 것이다.

무릇 재물은 우물과도 같다. 우물은 퍼서 쓸수록 자
꾸만 가득 채워지는 것이고, 이용하지 않으면 말라 버
리고 마는 것이다. 비단을 입지 않으니 나라 안에 비
단 짜는 사람이 없어지게 된 것이고, 이로 인해 여공
(女功)[3]이 없어지게 되었으며, 그릇이 삐뚤어지든 어떻
든 간에 개의치 않으므로 예술의 교묘(巧妙)함을 알지
못하니, 나라에 공장(工匠)과 도야(陶冶:질그릇을 굽는
곳과 대장간)가 없어지고, 또한 기예(技藝)도 없어지고
말게 된 것이다.

그뿐만 아니라 농사도 짓는 방법을 몰라서 흉년이
자주 들고 장사도 물건을 팔 줄을 몰라서 이(利)가 박
하기만 하다.

그러니 사민(四民)이 모두 곤궁하여져서 서로 도울
길이 없게 된 것이다.

조금 생산되는 보배도 나라 안에서는 이용하지 않으
므로 외국으로 흘러들어가 버리고 마는 실정이며, 남
들은 나날이 부강하여지건만 우리는 점점 가난해져 가
고 있는데, 이것은 아주 당연스런 추세라고 할 수밖에

없을 것이다.

지금 종각(鐘閣)의 십자로 거리에 있는 가게들도 연속적으로 연결되어 있는 것이 1리도 못 된다. 그러나 중국은 어떠한가? 그냥 지나쳐 갈 만한 시골 길에도 모두 가게로 덮여 있다. 또 그뿐인가? 풍성하게 쌓아 놓은 물품의 양과 많은 품목은 우리 나라 전역의 것을 모아도 그곳 시골 가게 하나를 당하지 못할 듯하다. 그렇다고 그곳의 시골 가게가 우리 나라 전국의 물자보다 풍부하다는 것은 아니다. 오직 물화(物貨)들이 제대로 유통되고 있는지 못 되고 있는지를 말하려 하니 비유한 것뿐이다.

판서(判書) 채제공(蔡濟恭)[4]은 "지금 종각 북쪽 거리가 조금 비좁은데 이를 딴 거리와 같이 넓히고, 가게 주인에게 각각 상호(商號)를 정하게 하여 '본 가게에서는 경상도 면포를 발매(發賣)한다', '본 가게에서는 남원(南原)과 평강(平康)에서 생산된 부채와 종이를……', '본 가게에서는 강원도와 전라도에서 산출된 인삼(人蔘)을……' 하는 식으로, 큰 글자로 써 붙여서 흥인문(興仁門)에서 숭례문(崇禮門)까지 면모를 일신시킨다면 어찌 즐거운 일이 아니겠는가"라고 한 적이 있다.

그곳의 우물은 구멍 뚫은 돌이나 혹은 나무로 덮어서 입구를 작게 하여 사람이나 짐승이 빠지는 것을 예방하고 먼지를 막도록 되어 있다. 거기에 도르래를 설

치하였는데, 새끼에다 통 두 개를 매달아 하나가 왼
쪽으로 돌아가면 다른 하나는 오른쪽으로 돌게 되어
한 통이 올라오면 또 한 통은 벌써 우물 수면에 내려
가게 되어 있는데, 그 효용 가치는 일반적인 우물과
비교할 때 곱절은 됨직하다.

✱

1) 화표 : 중국 요동 지방에 있던 아주 오래 된 기둥으로서 방향, 또
   는 길을 인도해 주는 구실을 했음. 또 길거리에 기둥을 세우고 위
   정자의 잘잘못을 기록하게 한 것 역시 화표라 했음.《辭海》
2) 목궐 : 화표와 비슷한 것 같으나 미상.
3) 여공 : 부녀자들이 하는 길쌈과 바느질 따위를 말하는데 여공(女工)
   이라고도 함.
4) 채제공 : 정조(正祖) 때 이름난 정승. 호는 번암(樊岩). 박제가가
   《북학의》를 저술할 때에는 판서로 있었음.

장사꾼〔商賈〕

중국 사람들은 가난하면 장사꾼이 되는데 참으로 현
명한 생각이다.

거기서는 장사꾼으로 나서도 그 사람의 풍류(風流)와
명예는 그대로 인정된다. 그렇기 때문에 유생(儒生)들
은 직접 서점에 출입하며, 재상(宰相)들이라 할지라도
친히 융복사(隆福寺) 시장에 가서 골동품을 사기도 한

다. 지체 높은 사람이 물건을 사러 융복사에 온 것을 직접 목격한 일도 있다.

우리 나라 같으면 그런 신분으로 시장에 출입하면 모두들 비웃을 것이다. 그러나 그럴 일이 아니다.

지금 청국의 이런 풍속은 어제 오늘에 비롯된 것이 아니다. 벌써 명·송 시대부터 내려온 것이다. 그러나 우리는 어떤가.

겉치레만 알고 꺼리는 일이 너무 많다. 사대부(士大夫)는 놀고 먹으면서 하는 일이라고는 하나도 없다. 사대부로서 가난하다고 들에서 농사를 지으면 알아주는 자 없고, 짧은 바지에다 대나무껍질 갓을 쓰고 시장에서 물건을 매매하거나, 자와 먹통, 칼과 끌을 가지고 남의 집에 품팔이를 하는 것을 부끄러워하고 이를 또 우습게 여겨 혼인길마저 끊어진 사람이 많다.

그러므로 집에 비록 돈 한 푼 없는 자라도 높다란 갓에 넓은 소매가 달린 옷으로 어슬렁거리며 큰소리만 치고 다니는 것이다.

그러면 그들이 입는 옷이며 먹는 양식은 다 어디서 나오는 것인가? 자연히 그들은 권력에 기대는 수밖에 없게 되는 것이다.

이리하여 요행을 바라는 길이 열리게 되고 청탁(請託)하는 버릇이 생기게 된 것이니, 시정(市井)의 장사치들도 그들이 먹던 나머지를 더럽다 할 것이다. 그러니 중국 사람이 장사하는 것보다 못함이 분명하다.

은(銀)

우리 나라에서는 해마다 수만 냥의 은을 중국에 수
출하여 약재(藥材)와 주단(紬緞) 따위를 무역해 온다.

그런데 저쪽의 은을 우리 나라 물건으로 바꿔 오는
경우는 없다. 은은 천 년이 지나도 그대로 있는 물건
이다. 그러나 약은 반나절이면 소화되어 버리고 비단
은 사람을 장사 지내는 데에 써버리면 반 년이면 썩어
버린다.

이와 같이 천 년이 지나도 없어지지 않는 물건을 반
나절, 반 년이면 없어지는 물건과 바꾸며 한정된 산천
(山川)의 재원(財源)을 한 번 내보내면 돌아오지 않는
지역에 수출하니 나날이 귀하여질 수밖에 없는 것이다.

무릇 화폐란 것은 돌고 돌아야 하는 것이다. 그렇지
못하면 진흙으로 만든 소가 바다에 들어가는 것과 무
엇이 다르겠는가?

돈〔錢〕

중국 건륭(乾隆 : 청나라 고종의 연호) 시대에 만든 돈
이 비록 강희(康熙 : 청나라 성조의 연호) 연대에 만든 것
보다 못하기는 하나 두껍고 윤기가 있으며 크기가 일

정하다.

우리 나라에서 만든 돈은 크기가 일정하지도 못하고 또 주석(朱錫)을 많이 섞었으므로 돈의 짜임새가 엉성하고 거칠며 또한 약해서 잘못하면 꺾어질 정도이다.

우리 나라 돈에 대한 정책으로서는 현재 돈이 많이 유통되고 있는 만큼 더 만들지 말 것이며, 그 다음으로는 본을 같게 뜨고 질(質)은 반드시 정밀하게 해야 할 것이다. 그리고 돈 만드는 비용으로 중국 돈과 교환해 온다면 이익이 몇 갑절은 될 것이다.

나의 외조부 이공(李公)의 문집에 "청국 돈과 통용 (通用)하라"는 주장이 있다.

쇠〔鐵〕

쇠는 모두 석탄을 사용하여 단련한다. 석탄은 화력이 강하여 능히 강철을 단련할 수 있다. 그러므로 중국 병기(兵器)는 그 견고하고 날카로움이 우리 것의 갑절은 된다. 혹 우리 나라에 무역해서 들여온다 해도, 한 번 흠이 생기면 다시 단련하지 못할 정도이다.

재목(材木)

중국에는 나무는 비록 귀하나 재목은 많다. 그러나 우리 나라는 나무는 많으나 재목이 귀하다.

왜 그럴까.

요동(遼東)벌 천 리를 가도 산이 없건만 거대한 재목은 성처럼 쌓였으니 사람의 힘으로는 미칠 바가 아닌 듯하다. 이것은 모두 장백산(長白山)에서 뗏목을 만들어 압록강에 띄운 다음 바다를 통해 가져온 것이다.

우리 나라는 서울에서 백 리 밖이면 소나무, 잣나무가 하늘을 가리었건만 궁실(宮室)과 관곽(棺槨)에 소용되는 재목을 구하기가 어려우니 심히 걱정되는 바이다. 그 원인을 따져 보면 모두 운반하는 기구가 불편하기 때문이다.

또 중국에서 벌채한 재목은 한자 한치도 서로 어긋남이 없으니 그 정밀함이란 놀랄 지경이다.

통 역

청(淸)나라가 일어난 이래 우리 나라 조정의 사대부는 중국어를 사용하는 것을 부끄럽게 생각한다. 사신(使臣)을 보내고 싶지 않으나 하는 수 없이 보내기는 하면서도 일체의 사정과 문서(文書)·언어 등의 거래는 통역에게 맡겨 버리고 있다.

국경 책문(柵門)[1]에서 연경까지 2천 리 사이에 지나쳐 가는 각 고을의 관원과도 서로 상견례하는 예(禮)가 없다. 다만 그 지방에 통역관이 있어서 우리 사신에게 말 먹이와 양식, 반찬에 대한 경비를 제공할 뿐이다.

이러한 일은 반드시 저들의 의사에서 나온 것이 아니고 우리가 저들을 싫어하는 데서 연유한 것이다. 이러고서야 예부(禮部)와 접촉하더라도 어찌 입으로 무슨 말을 하겠는가.

통역이 "이렇습니다" 하면 그뿐이고, 다만 사신이 묵는 여관에 갇힌 듯이 들어 앉아만 있으니 눈으로 무엇을 보았겠는가?

통역이 다만 "이렇게 됐습니다"라고 할 뿐이다. 비록 귀를 기울여서 듣는다 할지라도 지척 사이에 있으면서 무슨 말을 하는지 알지를 못한다. 통역관이 뇌물을 날마다 요구하여도 그들이 조종하는 대로 달게 받을 수밖에 없으며, 우리 나라 통역은 그들 통역관이 말하는 대로 받아들이기에도 벅차는 것을 보면 미처 우리의 뜻을 다 전하지도 못하는 듯하다.

또 사신은 해마다 딴 사람을 보내니 해마다 생소하기만 하다. 그 동안에는 다행히도 천하가 태평하여서 서로에게 관계되는 기밀이 없었던 까닭에 그들에게 그대로 맡겨 두어도 대단한 일은 없었다. 하지만 만약 하루아침에 큰일이 일어난다 해도 손을 소매 속에 찌르고 통역관의 입을 쳐다보기만 할 것인가?

사대부로서 여기에 생각이 미친다면 특히 한어(漢語)만 익힐 것이 아니라, 만주·몽고·일본말을 모두 배워야 할 것이다.

지금은 역학(譯學)이 쇠하여서 유명한 역자(譯者)라고 호칭되는 자가 겨우 열 손가락을 꼽을 정도이다. 그러나 이 열 사람조차도 시험을 쳐서 뽑힌 게 아니다. 한 번만이라도 시험을 치르면 비록 한어 한 마디를 입밖에 내지 못한다 하더라도 반드시 사신의 행렬에 충원시켜 그 과[2]의 비용을 타서 쓰게 한다.

역관이 속하는 한 과라는 것은 역관들이 돌려가면서 장사하는 자리를 설치하라는 것이 아니고, 두 나라 사이에 말을 통하여 일을 그르치지 않게 하는 것이며, 응대하는 데 실수하지 않도록 하기 위함이다. 그러므로 그 재주를 선발할 때 덮어놓고 지금까지 선발할 때의 예(例)만을 따르지 않는다면, 역학(譯學)하는 자는 저절로 힘 쓰게 될 수 있을 것이다.

그러면 그들을 시험하는 것은 누가 할 것인가. 역관에게 맡기자니 같은 패거리일 것이고, 사대부에게 맡기려니 귀머거리와 같아서 음률(音律)을 모르면서 곡(曲)을 평하다가 악공(樂工)의 웃음거리가 되는·것과도 같은 상황이 될 것이 뻔하니 이 또한 사대부의 책임이라 하지 않을 수 없다.

평안도 지방에는 말꾼들이 한어에는 능하면서도 한자를 아는 자가 적다. 그러므로 역관은 되지 못한다. 또 글에 능한 자가 있어도 오직 장사 일만 배웠고, 사환(士宦) 집 젊은이와 접촉하지 않았으므로 갑자기 먼 지방 사대부나 표류(漂流)한 뱃사람을 만나면 서로 말이 통하지 않는다.

대개 말을 배우기는 쉬워도 남의 말을 알아듣기는 어려운 법이므로, 알아듣게만 된다면 지극한 즐거움이 생길 것이다.

❁

1) 책문 : 만주 봉황성(鳳凰城)의 변문(邊門).
2) 과 : 그 직(職)의 정원 수.

약(藥)

우리 나라의 의술(醫術)은 믿기가 어렵다. 게다가 연경에서 무역해 오는 약도 틀림없는 진품(眞品)인지 어떤지 의심스럽기만 하다. 믿을 수 없는 의술에다가 진품 아닌 약을 쓰니 병에 효험이 있을 리가 없다.

풀·나무·벌레·물고기 따위의 명칭과 종류를 누가 능히 넓게 배워서 알 것인가. 또 그 채집하는 시기와

수확하는 방법에 한 가지라도 어김이 있으면 병에 이
롭기는커녕 도리어 해롭다.

이에 따라 말하자면 우리 나라 약은 모두 자신을 속
이고 있는 셈이 된다.

하물며 외국에서 생산된 것으로서, 장사꾼의 모리
(牟利 : 오직 이익만을 구하는 것)하는 손 속에 맡긴 것이
야 오죽하겠는가?

따라서 지금의 녹용(鹿茸)이 원숭이 꼬리가 아닌 줄
어찌 알겠는가?

일본에서는 외국 약재(藥材)를 사들일 때, 의술에 능
한 사람을 엄선(嚴選)하여서 검사한다고 한다.

중국에서 서양 의서(醫書)를 번역한 책이 있다는 이
야기를 듣고 구하려 하였으나 얻지를 못하였다. 유럽
에서는 사람의 재질(才質)을 네 등급으로 나누어서, 상
등 재질을 가진 사람에게 의학(醫學) 및 도학(道學)을
배우게 하므로 술법(術法)이 정묘하지 않은 것이 없고
죽고 사는 것도 안다고 한다. 약을 고(膏)가 되도록 달
이는 것이 많고 정(精)만 취하고 찌꺼기는 버리는 게
서양의 법이라 한다.

간장〔醬〕

우리 나라 사람은 우리 음식이 중국 음식보다 낫다고 자랑한다. 그러나 그것은 근본을 모르는 말이다.

지금 우리 음식 중에서 제일 더러워서 입에 댈 수 없는 것이 있다면 간장이다.

지금 강가나 혹은 절에서 장 메주 만드는 자는 메주 만들 시기가 되면 원근 여러 지방의 콩을 모아 합쳐서 찌는데, 콩이 많으므로 다 깨끗하게 하지 못한다.

주는 사람도 가려서 주지 않고 받는 사람도 씻지 않아서 모래나 좀벌레도 섞여 있다. 그래도 그들은 예사로 알고 괴이하게 여기지 않는다.

그 장을 먹으려고 하면서 그 메주를 더럽게 취급하니, 이것은 먹는 우물물에 똥을 넣는 것과도 같은 짓이다.

또 콩을 삶아서 부서진 뱃바닥에 쏟고는 옷을 걷어 붙이고 맨발로 밟는다. 여러 사람들이 오르고 내려 침과 눈물로 더럽혀진 뱃바닥에다 말이다.

그러나 그뿐인가! 가랑이에서 흐르는 땀이 다리를 타고 발 밑에 있는 콩에까지 떨어지곤 한다. 요사이도 가끔 된장 속에서 빠진 발톱과 머리카락을 발견하게 된다. 결국은 체로 모래와 지푸라기 등 잡것을 다시 걸러 버린 뒤에라야 먹을 수 있다. 성가신 폐단이 이처럼 많으니 생각하면 구역질이 나는 일이다.

그러므로 나라에서는 관청을 설치하여 장 만드는 것을 감독하고 편리한 기구를 사용하도록 가르쳐야 할 것이다. 그렇게 되면 만 섬이나 되는 많은 양의 콩이라도 깨끗하게 할 수 있을 것이며, 한 부엌에서 만드는 메주의 콩이 그렇게 많지 않아도 되지 않겠는가?

강계(江界) 사람은 장 메주를 만들 때 반드시 물에 걸러 일고 삶아서 익으면 망치로 쳐서 한 장씩 만들어내는데 아주 반듯하게 한다. 무릇 장 메주는 이와 같이 만들어야 할 것이다.

중국 장 메주는 대모(玳瑁)[1] 같은 것이 있어서 물에다 넣으면 곧 맑은 장이 되는데 이것을 먼 길 가는 사람이 가지고 간다 한다.

❋

1) 대모 : 거북의 일종. 노랗고 투명한 빛을 가져 공예(工藝) 재료로 이용함.

도장〔印〕

중국에서는 인장(印章)을 찍을 때 주사(朱砂)를 이용하는 까닭에 깨끗해서 좋다.

그러나 우리 나라는 주토(朱土)에다 물방울을 떨어뜨리고 털을 섞어서 쓴다. 그렇기 때문에 옆으로 찍었는지 세워서 찍었는지 분별할 수 없으며 자국은 있어도 글자가 없는 수도 있다. 인장이라는 것은 맞나 안 맞나를 증명하려는 것인데, 인장은 있으나 분명하지 않으면 무슨 소용이 있겠는가?

또 문서에다 너무 난잡하게 한 폭에 네다섯 개나 인장을 찍는 사람도 있다. 인주는 반드시 기름 주사를 사용하고 난잡하게 찍지도 말아야 할 것이다.

"인장의 글자가 분명하면 간교한 백성이 모방하기 쉬울까 염려스럽다"고 하는 사람도 있다. 그렇다면 말〔斗〕을 쪼개 버리고 저울대를 꺾어 버리면 백성들이 오히려 다투지 않는다는 말인가.

그리고 도장이 너무 커서 인함(印函)이 주춧돌만하므로 한 고을 원의 것을 실으려면 별도로 말 한 필을 준비해야 할 정도이다.

그 둔함이 이와 같으니 마땅히 나라 안의 도장을 모두 모아서, 진(秦)·한(漢) 시대 때 사방 한 치쯤 되게 하던 제도와 같이 고쳐 만들어야 할 것이다.

관내후(關內侯)[1]·군곡후(軍曲侯)·위청(衛靑)[2]·한신(韓信)[3]의 도장이 모두 인보(印譜)에 등재되어 있는데 아주 작았다.

꼭지는 사자·용·거북 따위의 모양을 만들어서 관직의 품계(品階)에 따라 각각 정하였고, 끈으로 매달아 차게 하여서 매우 아담하였다. 그렇게 하는 방법이 지극히 쉬우므로 재물을 허비하지 않아도 될 것이다.

❋

1) 관내후 : 후(侯)란 칭호를 받았지만 서울에 거류하면서 봉토(封土)
   가 없는 것.
2) 위청 : 한나라 무제(武帝) 때 거기장군(車騎將軍)이었음.
3) 한신 : 한나라 고조(高祖) 때의 명장(名將).

담 요

담요는 어느 나라 어느 곳에서나 매일 사용하는 것
으로 추위와 습기를 막으며 벼룩을 방지한다. 지금 우
리 나라에도 담요가 있기는 하나 비용을 들여서라도
만들려고 하지 않는다. 왜 그럴까.

털요와 전립 만드는 방법을 합친 것이 바로 담요 만
드는 방법이다. 대체적으로 전립은 견고하고 고운데
비해 털요는 엉성하고 고르지 못하여 볼품이 없다.

일찍이 어떤 손님에게서 털요의 나쁜 점에 대한 말
을 들었다.

"먼지투성이고 그을음 냄새까지 나서 도무지 사용할
수가 없다. 어떤 신랑은 첫날밤에 새 털요에서 나는
냄새를 신부한테서 냄새가 난다고 생각하여 평생토록
아내를 멀리하였다는 얘기도 있다. 이와 같이 공인(工
人)의 잘못이 한 가정을 화목하지 못하도록 만들기까
지 하였다."

이야기를 듣던 좌중 사람들이 박장대소를 하였다.

저보〔塴報〕

중국의 저보(邸報 : 옛날의 관보)는 모두 인쇄한 것이다.
우리 나라에서도 인쇄하여 출판하다가 중지하였다는
데 그 사실이 경연일기(經筵日記)[1]에 기록되었다는 말
을 들었다.

저보를 인출하면 몇 가지 이로움이 있다. 말하자면
사초(史草)[2]를 가지고 고람(攷覽 : 생각하며 보는 것)할
때 편리하고, 각 관청의 서리(書吏)의 수효를 수십 명
이나 줄일 수 있으며, 허비하는 종이를 서너 배나 줄
일 수 있다. 특히 지금 당장 종이를 허비하지 않을 뿐
만 아니라 훗날에 역사서를 편수할 때 등사(謄寫)하는
종이도 허비하지 않게 된다.

만약 인쇄하여 출판하고자 하면 매우 편리한 방법이
있으니, 나무로써 활자(活字)를 만드는 것이다. 저보
중에 항상 쓰는 어휘로서 감찰(監察) · 다시(茶時) · 패
초(牌招) · 찰임(察任) · 문안(問安) · 답왈(答曰) · 지도
(知道) 따위를 세 자나 네 자 내지 대여섯 자를 연달아
새기고 아울러 소장(疏章) · 정목(政目), 그 밖에 벼슬
한 사람의 성명도 새겨서 보관하고 있다가 사람들에게

저보를 박게 하면 될 것이다.

　표암(豹菴) 강세황(姜世晃)³⁾은 말하기를, "관상감(觀象監)에서 책력(冊曆)을 박는 주자(鑄字)도 이 방법을 시행하여, 불의출행(不宜出行)·목욕(沐浴)·안장(安葬) 등의 글자를 모두 새겨서 두면 그 비용이 당연히 줄어들 것이다"라고 하였다.

＊

1) 경연일기 : 조선시대에 임금 앞에서 경서를 강론하는 자리를 경연이라 하고, 강론을 마치면 그 자리에서 일반 국정도 논의했는데 그 사실을 기록한 일기.
2) 사초 : 사관이 기록하여 둔 역사 기록의 초고.
3) 강세황 : 조선 영·정조 때의 사람. 표암(豹菴)은 그의 호. 병조참판을 지냈고 서화(書畵)에 능했으며, 많은 그림을 남겼음.

종이〔紙〕

　종이는 먹을 잘 받아야 글씨 쓸 때나 그림 그리기에 적당하고 좋은 것이다. 찢어지지 않는 것만으로 반드시 좋다고는 할 수 없다.

　어떤 사람은 "우리 나라 종이가 천하에서 제일이다"라고 하나 그렇지 않다. 그 사람은 도대체 글을 쓸 줄 아는 사람인지 의심스럽기만 하다.

서문장(徐文長)이 말하기를 "고려의 종이는 그림 그리기에 적당치 않다. 돈같이 두꺼운 것은 그래도 나은데 겨우 작은 해자(楷字)나 쓸 만할 뿐이다"라고 하였다.

중국 식자(識者)가 본 것이 이미 이와 같다. 즉 돈같이 두꺼운 것이란 대개 자문(咨文)[1]을 쓰는 데나 필요한 종이다.

우리 나라에는 종이를 뜨는 발[簾]에 일정한 치수가 없다. 그러므로 책 종이를 절단할 때 반절(半截)하면 너무 커서 나머지는 모두 끊어 버려야 하고, 3번 자르면 너무 짧아서 글자 밑이 없어지는 폐단이 있다. 또 팔도(八道) 종이의 장단(長短)이 모두 같지 않아서 이 때문에 허비하는 종이가 얼마인지 모른다.

종이는 반드시 서책(書冊)에만 소용되는 것은 아니지만 그것을 표준으로 하고 길이를 맞추어서 만들어야 할 것이다. 이처럼 합당하게 만들면 다른 데 이용하기가 좋다. 그렇지 않으면 허비되는 것이 많기 때문이다. 중국 종이는 자수(尺度)가 같은데 이 점을 잘 생각하여 살폈던 것이다. 단지 종이뿐이 아니고 다른 물건도 다 그렇다.

우리 나라는 포백(布帛)의 넓이도 만이면 만 다 다른데, 베짜는 바디[2]의 치수를 정하지 않은 까닭이다. 그러니 종이 뜨는 발 또한 일정하게 규제하는 것이 마땅하다.

✳

1) 자문 : 조선시대 정부나 왕이 중국 정부와 왕복하던 문서.
2) 바디 : 베틀에 달린 기구의 하나로, 대오리로 만들어 베실을 낱낱
   이 꿰어 짜는 구실을 함.

활(弓)

중국 활은 매우 거칠고 큼직한 것이 우스꽝스럽고
사정 거리도 육칠십 보(步)에 지나지 않는다. 그러나
그 활은 나무로 되어서 건조할 때나 습할 때나 차이가
없다.

우리 나라 사람이 우리 활을 잘 쏘면 이백 보까지
가기도 한다. 그러나 활을 불에 잘못 쬐면 고장이 생
기고 비가 올 때에는 쓸 수 없는 것이 흠이다.

그렇다고 적이 반드시 맑은 날에만 온다고 예측할
수는 없는 노릇 아닌가.

"멀리 쏘는 것이 급무(急務)가 아니고 비록 가깝더라
도 반드시 맞추어야만 천하에서는 신기한 사술(射術)이
라고 하는 것이다. 이광(李廣)[1]은 수십 보 안쪽에 있는
목표물을 쏠 적에도 충분히 생각해 보고 맞추지 못하
겠으면 쏘지 않았다 하니 이것이 한 증거다.

멀리만 쏘려는 것은 싸움에 부딪치기 전에 겁부터
내는 것이다. 겸허한 마음속에 표적이 있는 것이므로

따로 서서 정중하게 표적을 겨누는 것을 '의기(儀器)의 규통(窺筒)'[2]을 보듯이 하라고 했으니, 이는 정신을 집중하는 것은 화살을 바르고 빠르게 하려는 것이다"라는 말로써 제법 이치가 있는 말이다.

그러나 옛적에도 멀리 쏘았다는 기록도 있기는 하다. 《북사(北史)》〈원위본기(元魏本紀)〉에 보면 5리 밖에 비석(碑石)을 세워서 화살을 맞혔다는 사실을 기록한 것을 보면 알 수 있다.

✽

1) 이광 : 한나라 문제(文帝) 때 사람. 팔이 원숭이처럼 길고 활을 잘 쏘았음.
2) 의기의 규통 : 의기란 혼천의(渾天儀)·지구의(地球儀) 등을 말함이고, 규통이란 의기를 볼 때에 쓰는 기구.

총(銃)과 화살〔矢〕

총은 우리 나라 것과 흡사하고, 화살은 깃〔羽〕이 아닌 나선(螺旋)으로 되어 있다.

자(尺)

우리 나라에서 포백(布帛)에 사용하는 자는, 중국의 큰 자와 흡사하니 우리 것이 중국에서 나온 것임을 알 수 있다. 일상 쓰는 자는 우리 나라 자보다 네 푼 정도가 짧다.

문방구(文房之具)

우리 나라 붓은 붓털 안팎이 가지런하므로 한 번 닳아지면 그만이다. 그러나 중국 것은 안쪽 털이 점점 오그라들면서 겉 털이 나와서 오래 쓸수록 끝이 더욱 날카로워진다.

또한 우리 나라 먹은 한 해가 지나면 벌써 광택이 없고 두 해가 지나면 갖풀(膠)이 굳어져서 갈리지를 않는다. 그러나 중국 것은 오래 될수록 잘 갈린다.

소동파(蘇東坡)[1]는 "사람이 먹을 가는 것이 아니라 먹이 사람을 간다"고 하였다.

우리 나라 서적은 거문고의 작은 줄과 같은 채색 끈으로 엮었다. 그런데 그것이 항상 끊어지는 이유는 너무 바짝 당겨져서 늘어지지 않기 때문이다. 중국 것은 쌍가닥으로 엮었으므로 여유가 있다. 내가 중국 책이

조금 헤어졌어도 구태여 고쳐 꾸미지 않는 것은 힘만
들일 뿐 오히려 그르쳐 놓기 일쑤이기 때문이다.

❋

1) 소동파 : 이름은 식(軾). 송나라 때 사람으로 시문(詩文)과 서화에
　 능함.

고동서화(古董書畵)

　유리창(琉璃廠) 좌우 십여 리 지역 및 용봉사(龍鳳寺)
근처 시장에, 언뜻 보면 찬란하게 번쩍거리며 그 아름
다움을 형용할 수 없는 것이 있으니, 이것은 모두 옛
제기(祭器)와 솥·고옥(古玉) 서화(書畵) 등 기묘한 것
들이나 실상 진품(眞品)은 보기가 힘들다.
　천하의 수만 금과 재물들이 여기에 모여들어 팔고
사는 자가 그치질 않는다. 어떤 사람은 "풍부하기는
하지만 백성의 생활에는 아무런 보탬이 없는 것이다.
불태워 버려도 무슨 손해가 있으랴" 한다.
　그 말에도 일리가 있는 듯하나 그렇지 않다. 푸른
산, 흰 구름은 반드시 먹고 입는 것인가? 그렇지만 사
람들은 이것을 사랑한다. 새와 짐승, 벌레와 물고기
등의 명칭과 술항아리·술잔의 형상과 제도, 산천(山
川)의 네 계절을 글과 그림으로 나타낸 뜻을 《주역(周

易)》에서는 괘(卦)의 형상으로 취했다. 또 《시경(詩
經)》에서는 홍(興)으로 엮었으니 어찌 까닭없이 그렇게
하였으랴. 그렇게 함으로써 마음의 슬기로움을 도우며
천기(天機)[1]를 활발하게 한다.

우리 나라 사람들은 학문이라고 하면 과거(科擧)를
치르는 것을 목적으로 하는 데서 벗어나지 못하고 있
고, 보고 듣는 것은 국경을 넘지 못하였다. 그러므로
불경(佛經)이 박힌 종이를 더럽다 하며, 밤색 화로를
추하다 하여 점점 외면하면서 그 아름다운 경지와 스
스로 인연을 끊는다.

벌레도 꽃에서 사는 것은 날개와 수염에서 향기가
나지만, 더러운 데서 생긴 것은 꿈틀거리는 것이 추하
고 징그럽기만 하다. 미물(微物)도 이와 같으니 사람도
또한 그러함이 당연하다. 꽃 같고 화려한 비단옷 속에
서 생장한 자는 더러운 먼지 속에서 골몰하는 자와는
반드시 다름이 있을 것이다. 나는 우리 나라 사람이
'꽃 속에서 사는 벌레의 수염과 날개'처럼 향기롭지
못함을 염려한다.

무릇 천하에 보배될 만한 물건도 우리 나라에 들어
오면 모두 천해진다.

삼대(三代) 시대의 기물(器物)과 명현(名賢)의 필적
(筆蹟)도 그 가치대로 값을 받지 못하며, 필묵(筆墨)·
향다(香茶)·서책(書冊) 등도 항상 중국 것의 반 값이니
이는 모두 사대부가 옛 것을 좋아하지 않는 까닭이다.

얼마 전에 한 서점에 들어갔다가 주인이 매매한 문서를 정리하기에 분주한 것을 보았다. 그런데 우리 나라는 어떤가? 책 장수가 책 한 권을 가지고 두어 달씩이나 사대부 집을 두루 돌아다녀도 제대로 팔리지 않는 형편이 아닌가. 나는 여기서 중국이 문명의 본고장이라는 것을 깨달았다.

❋

1) 천기 : 모든 조화를 꾸미는 하늘의 기틀. 또는 타고난 기지(機智).

외편(外篇)

밭(田)

밭에는 소의 가랑이 넓이 만한 사이에 곡식 한 줄씩
을 심는다. 곡식이 자라서 북돋우어 줄 정도가 되면
두번째로 겹쟁기를 소에게 메어서 골 양쪽가의 흙을
갈아올린다.

쟁기의 넓이는 소 가랑이 넓이와 같으며 처음 갈았
던 골을 따라서 간다. 이때 새 흙이 뒤덮이면서 곡식
이 소의 배 밑에서 일어난다.

그런데 중국 곡식을 심은 세 줄 넓이와 우리 나라
밭 곡식의 두 줄 넓이가 같은 것을 보면, 우리는 아무
런 까닭도 없이 삼분의 일의 밭을 그냥 버리는 셈이
된다.

홑쟁기는 소 대용으로 사람이 끄는 것인데 소가 하
는 일의 반을 한다.

밭과 소와 사람과 기구의 어울림이 서로 합당하며,

또 심는 방법이 아주 균일하여서 겹쳐지거나 삐뚤어지는 일이 없다. 자라게 되면 똑같이 자라 길거나 짧거나 해서 들쑥날쑥하는 것이 없다.

그러나 우리 나라에서는 콩을 심을 때나 보리를 심을 때나 마음 내키는 대로 그냥 뿌리므로, 더부룩하게 서로 얽히고 설켜서 바람을 고르게 받지 못하게 된다.

또 응달이나 양지가 판이하게 달라서, 벌써 열매를 맺어 익은 게 있는가 하면, 이제 한창 꽃이 피는 것이 있다.

이것은 본래의 종자의 성질을 잘 모르기 때문이다.

그리고 중국인들은 씨앗을 낱낱이 골고루 뿌린다. 많이만 뿌린다고 많은 수확을 얻는 것이 아니기 때문이다.

보리 한 이삭에 낟알 백 개를 얻는다면 한 말의 종자로써 한 섬의 수확을 얻을 수 있을 것인데, 그렇지 못한 것은 고루 뿌리지 않기 때문이다.

이를 보면 갈 적에 이미 밭의 삼분의 일을 잃었고, 또 심을 때에 종자를 허비하였으며, 따라서 수확을 할 때에 소출이 감소하게 되니, 곡식이 어찌 귀하지 않으며 백성이 어찌 가난하지 않겠는가?

우리 나라에서 이른바 또는 좋은 종자라는 것도 실은 그 효용의 반밖에 이용하지 않는 것이므로, 이는 해마다 몇만 섬이나 되는 곡식을 그대로 땅에 버리는 것과 같은 것이다.

모름지기 중국의 경작 방법과 같이 한다면 같은 면
적에서 5, 60섬은 더 수확할 수 있을 것이다.

이희경이 말하길 "일찍이 홍천(洪川)에서 몸소 농사
를 지을 때 구전법(區田法)대로 보리를 심어 보았다.
땅을 주발만큼 파서 거름을 부어 두었다가 흙을 덮고
씨를 뿌렸는데, 한 구덩이에 대략 10여 알을 뿌렸다.
예전에는 한 말의 종자가 소요되던 땅에 두 되 다섯
홉이 들어갔다.

거름은 적게 들었으나 노력은 배가하였다. 이렇게
하니 종자도 적게 들고 수확은 갑절이나 되어 이보다
더 좋은 일이 없는 것 같다"라고 하였다.

거름〔糞〕

중국에서는 거름을 금같이 아낀다. 재〔灰〕를 길에 버
리는 일이 없고, 말이 지나가면 삼태기를 들고 따라가
면서 말똥을 줍는다.

도로 곁에 사는 백성은 날마다 광주리와 가래를 가
지고 모래밭에서 말똥을 가린다. 산같이 쌓은 거름더
미가 반듯하며 혹 세모지게, 육모지게 쌓기도 하였다.

거름더미 밑둘레에는 물골을 파서 거름 물이 흘러나
가지 못하도록 하였다. 똥을 거름으로 쓸 때에도, 물

을 타서 진한 흙탕 같게 한 다음 바가지로 퍼서 쓰는 데, 이는 그 효력(效力)을 고르게 하려는 것이었다. 우리 나라에서는 마른 똥을 그대로 쓰므로 효력이 흩어지게 되어 완전하지 못하다.

성안에서 나오는 분뇨(糞尿)를 다 수거하지 못하므로 더러운 냄새가 길에 가득하다.

냇가 다리 옆 석축(石築)에는 사람의 똥이 더덕더덕하게 붙어서 큰 장마가 아니면 씻겨지지 않는다. 개똥과 말똥이 사람의 발에 항상 밟히게 되니, 이것만으로도 밭을 잘 가꾸지 않는다는 것을 알 수 있다. 똥은 남겨 두고 재는 모두 길에다 버리니 바람이 조금만 불어도 눈을 뜰 수 없다. 이리저리 날려서 많은 집의 술과 밥을 불결(不潔)하게 한다. 사람들은 그저 불결함만을 탓할 뿐, 그것이 함부로 버린 재에서 생기는 것인 줄은 모른다.

대체로 시골에는 사람이 적은 까닭으로 재를 구하려고 해도 많이 구할 수 없다. 그러나 지금 성안에는 한 해 동안의 재만 하여도 몇만 섬이나 되는지 모를 지경이다. 그것을 모두 버리고 이용하지 않는데, 이것은 몇만 섬 곡식을 버리는 것과 같다.

율문(律文 : 법률의 죄문)에 "더러운 것이 흐르는 도랑을 길 옆으로 통하게 하는 자는 장형(杖刑)에 처하며 하수(下水)물은 막지 않도록 한다"라는 것이 있다.

또 진(秦)나라 법에서는 "재를 버리는 자는 사형(死

刑)에 처한다"는 것이 있다.

이것은 비록 상앙(商鞅)[1]이 만든 혹독한 법이긴 하나 그 취지는 농사에 힘쓰라는 뜻에서 만든 것이다. 지금 유사(有司 : 벼슬하는 사람의 총칭)들도 이와 같이 재를 함부로 버리는 것을 금하게 하지 않으면 안 된다. 농사에 이익이 되고 나라도 깨끗해질 터이니, 한번 일을 시작해서 두 가지 좋음을 얻는 것이 되기 때문이다.

❄

1) 상앙 : 전국시대 위(魏)나라의 공자. 진(秦)나라 효공(孝公)을 도와서 법령을 제정하였으며 정전법(井田法)을 폐지하고 세부 체제(稅賦體制)를 확립하였음. 그러나 법을 너무 가혹하게 적용하다가 마침내 대신(大臣)에게 미움을 받아 찢겨 죽는 형을 당했음.

뽕나무〔桑〕와 과실〔菓〕

뽕나무는 어릴 때에는 더디게 자라서 가꾸기가 어렵다. 늙으면 나무가 병들어서 잎이 적고 오디만 많이 열린다.

심는 방법은 밭에 바로 심어서 채소나 곡식을 가꾸는 방법과 같이 하는 것이 좋다. 심은 첫해에 돋은 줄기는 불을 질러 태우고, 2년째는 가지를 베어 버리면 떨기가 무성하게 자란다. 그 나뭇잎을 뜯어다가 누에를 친다.

"난하[1] 서편에 모래밭이 많은데 바라보면 새 뽕나무가 끝없이 심어져 있다. 겨우 말안장 높이만큼 자라는데, 가지런한 것이 가지와 잎에 윤기(潤氣)가 나므로 이는 보통 뽕과 다르다." 이는 《농정전서(農政全書)》[2]에 적혀 있다.

과실을 저장하는 방법은 연경(燕京)에서 하는 방법이 제일 좋다. 작년 여름에 나온 과실과 금년에 새로 나온 과실과 섞어 파는데, 사리(돌배)와 포도 따위는 빛깔이 금세 나무에서 따온 것과 같다. 이 저장하는 방법 하나만 알게 되어도 이익을 보는 데 아주 족할 것이다.

《물리소지(物理小識)》[3]에 따르면 "배는 무와 함께 저장하면 썩지 않으며 혹은 배 꼭지를 무에다 꽂아 둔다" 하였다.

또 다른 방법을 적은 책에 의하면 "큰 대나무를 땅에 심어져 있는 그대로 위쪽을 끊어 내고 그 대통에다 감을 저장한 다음, 진흙을 뭉쳐서 대통 입구를 봉해 두었다가 여름을 지난 후에 끄집어 낸다" 하였다.

주밀(周密)[4]이 지은 《제동야어(齊東野語)》에는 "생황(笙簧 : 관악기의 일종)은 반드시 고려에서 산출되는 구리를 써서 만들며 녹랍(綠蠟)으로 꾸민다. 생황을 따뜻하게 하면 혀가 바르게 되고 소리도 맑아진다. 그러므로 반드시 불에 쪼인다"고 하였다.

또 육천수(陸天隨)[5]의 시에는, "첩(妾 : 여자가 자신을 낮추는 말)의 마음은 생황같이 싸늘하다. 임께서 그때 그때 따뜻하게 하여 주오"라고 하였다.

미성(美成)[6]이 지은 《악부(樂府 : 풍악의 곡조와 가사를 적은 책)》에는, "황은 따뜻하게 하여야 소리가 맑다" 하였다. 그리고 '청'자는 운서(韻書)에 천정 반절(千定反切)[7]이므로 음(音)이 청(淸)자와 같다고 했고, 주석(註釋)하기를, "청명은 푸른 빛이다"하였던바, 대체로 과실을 저장하는 데 동청(銅青)을 쓰는 까닭은 바로 이 때문이다.

❋

1) 난하 : 중국 열하성(熱河省) 경계에 있는 난수.

2) 《농정전서》: 명나라 서광계(徐光啓)가 저술한 60권으로 된 농정 전 반에 관해 서술한 서적.

3) 《물리소지》: 명나라 방이지(方以智)가 지은 자연과학에 관한 서적 으로 총 12권으로 되어 있음.

4) 주밀 : 송나라 사람. 《계신잡지(癸辛雜識)》《운연과안록(雲烟過眼錄)》 등의 저서를 남김.

5) 육천수 : 당나라 사람. 이름은 귀몽(龜蒙), 천수는 호. 항상 배를 타고 강호(江湖)를 방랑하였음.

6) 미성 : 송나라 주방언(周邦彦)의 자. 음악을 좋아하여 능히 곡조를 짐작하였다고 함.

7) 반절 : 한자음(漢字音)을 표시하는 방법의 하나. 천자(字)의 윗부분 의 처를 떼고 정(定)자의 뒷부분인 ㅇ을 떼어, 합쳐서 '청'이 됨.

농잠총론(農蠶總論)

우리 나라의 모든 것이 중국만 못하다. 다른 것을 말하지 않더라도 먼저 그들의 의식의 풍족함을 따를 길이 없는 것이다.

중국에서는 비록 가난한 마을의 작은 집이라도 두어 칸의 광이 있다. 광은 모두 회(灰)로 만들었으므로 곡식을 섬에 담지 않아도 되도록 되어 있다.

곡식을 그대로 광 안에 쏟아 넣으면 광 안에 가득 차기도 하고 때로는 반을 차게도 된다.

또 집안에다 대자리를 둘러서 큰 쇠북 모양과 같게 하기도 하는데, 높이는 대들보까지 닿아서 사다리를 걸쳐 놓고 오르내린다. 많은 것은 100섬 정도이고 적은 것도 2, 30섬은 된다. 가끔씩은 한 집안에 두어 무더기가 있는 집도 있다.

우리 나라 영세민들의 생활은 모두가 아침 저녁거리를 걱정할 정도이다. 열 집이 사는 마을에서 하루에 두 끼 먹는 집이 얼마 되지를 않는다.

소위 비상시에 대한 준비도 고작 옥수수 몇 자루와 고추 수십 개가 그을음으로 새까만 거적집 처마에 매달려 있을 뿐이다.

중국 백성은 모두 비단옷을 입고 털로 만든 요를 깔며, 방석과 침대에서 자며 탁자도 있다.

농부들도 웃옷을 벗지 않고 가죽으로 된 신에다 행

전을 치고서 소를 부린다. 그러나 우리 나라 시골 백
성들은 일 년에 무명옷 한 벌을 얻어 입기가 힘들고
남자나 여자나 일생 동안 침구가 무엇인지 구경조차
못 하고 있는 실정이다. 그들은 짚자리로 이불을 삼고
그 속에서 아이를 기른다.

아이들은 열 살 전후까지는 여름 겨울 가릴 것 없이
벌거숭이로 다니며, 세상에 신이나 버선이 있는 줄을
모르기가 예사이다.

그러나 중국은 변경에 사는 여자들이라 할지라도 분
을 바르고 꽃을 꽂지 않은 사람이 없을 정도이다. 그
들은 긴 옷에다 비단신을 신는데 아주 더운 여름일지
라도 맨발로 다니는 것을 볼 수가 없다.

그런데 우리 나라에서는 도시에 사는 소녀라도 종종
종아리를 드러내 놓고 다니면서도 부끄러운 줄을 모른
다. 또 어쩌다 새옷 입은 사람을 보면 끼리끼리 쑥덕
거리며 창기나 아닌지 의심을 하곤 한다.

중국에는 도시와 지방의 차이가 없다. 큰 도회지인
강남(江南)·오(吳)·촉(蜀)·민(閩)·월(越) 같은 먼
곳일지라도 번화한 문물이 황성(皇城)보다도 도리어 훌
륭한 편이다.

우리 나라는 도성에서 몇 리만 떨어져 있어도 벌써
시골티가 나기 일쑤이다. 이는 대체로 의식(衣食)이 부
족하고 물자가 잘 유통되지 못하기 때문에 나타나는
현상이다.

또 학문도 과거를 보기 위해서만 하고, 풍속은 나라 안에만 한하여져서 견문을 넓힐 수가 없으며, 따라서 재주와 지식을 개발할 수가 없다.

이러하니 문명이 점점 쇠하여지고 정치제도도 무너져 가고 있으므로, 백성들은 날로 늘어 가도 국가 재정은 점점 궁핍해져 가는 것이다.

《서경(書經)》에 "덕을 바르게 하고 쓰임을 이롭게 하여 삶이 풍요하게 해야 한다"라고 쓰여 있고, 《대학》에도 "재물을 늘리는 데에도 도(道)가 있으니 하고자 하는 일을 빨리해야 한다"라고 하였다. 빠르게 한다는 것은 쓰임을 이롭게 한다는 것이고, 삶을 넉넉하게 한다는 것은 의식이 족해짐을 말한다.

오늘날 당면해 있는 문제를 해결할 수 있는 계책은 먼저 농사의 족류(族類)와 누에를 증조ㆍ고조부터 모두 개량해야 한다. 그렇게 한다면 중국과 같아질 것이다.

그러면 농사의 족류란 무엇인가? 즉 그것은 따비[1]ㆍ보습[2]ㆍ밭도랑ㆍ물골ㆍ거름 등을 이용하는 방법이 적합하지 않으면 농사 짓는다고 할 수 없다는 것을 의미한다.

또 누에의 고조ㆍ증조란 누에를 낳는 방법, 실을 켜는 방법, 짜는 방법이 적당하지 못하면 중국과 같게 되지 못한다는 것을 의미하는 말이다.

지금 우리 나라에도 밭을 갈고 누에를 치지 않는 사람이 거의 없을 정도이다. 그러나 중국 곡식은 이미

쌀이 되었는데 우리는 아직 베지도 못하였고, 또 중국
은 실을 짜서 비단이 되었는데 우리는 실도 켜지 못한
상태이며, 저쪽은 벌써 솜을 탔는데 우리는 한 달 뒤
에나 탈 형편인 것이다.

또 중국 사람은 말을 달리며 활로 사냥을 즐기는데,
우리는 동산에 과일이 있어도 거두어들일 틈이 없다.
그 밖에 산에는 나무와 풀이 있고 물에는 물고기들이
있건만 고기를 잡고 나무를 할 겨를이 없다.

모든 기예에 태만하여 쓸모 없이 되어도 이에 대한
대책을 강구하려 하지 않는다. 인구는 나날이 증가하
여도 국력이 부족함은 웬일일까? 그것은 바로 중국을
배우지 않은 잘못에서 비롯된 것이다.

이제라도 빨리 백성들에게 화초를 심으라 하고, 새
와 짐승을 기르게 하며, 음악과 골동품 등을 보고 즐
길 수 있도록 이들 물건을 진열하여 팔도록 함으로써
이를 통해 기예를 익혀 모든 물건을 기이하고 교묘하
게 만들 수 있도록 개선시켜야 할 것이다. 그러나 이
것이 반드시 급한 것이라고만은 할 수 없다.

왜냐하면 날마다 쓰이는 없어서는 안 될 기구가 10
여 가지나 되는데 이들을 먼저 배우는 것이 급하기 때
문이다.

그 중에 풍선(風扇)이란 것이 있는데, 한 사람이 이
를 부쳐도 절구질 한 곡식 1만 섬을 까부르는 데 별
어려움이 없다. 또한 수차(물레방아)는 마른 땅에 물을 대고 물이 괸 땅은 반대로 마르게 할 수도 있다.

또 씨앗 뿌리는 바가지가 있으므로 심느라고 발 뒤축이 병나지 아니하고, 서서 김을 매는 호미가 있어서 허리를 구부려야 하는 괴로움이 없다. 고무래와 쇠스랑은 흙덩이를 깨뜨리는 데 쓰이고, 틀고무래는 종자를 고르게 하는 데 쓰인다.

그 외에도 누에를 담는 잠박(蠶箔), 누에 그물, 고치를 켜는 틀, 베틀 등에 대해 만드는 일정한 제도가 있으므로 한 해 동안에 생산되는 실을 어렵지 않게 다듬어 낼 수 있다.

또 씨를 발라 내는 틀이 있어서 한 사람이 하루에 80근의 목화씨를 발라 내며 솜을 트는 활도 또한 마찬가지의 효능을 가지고 있다.

요즘 우리 나라 벼를 모아 까부르는 것을 보면 바람이 부는 것을 기다려 날리거나, 긴 돗자리의 한복판을 밟은 다음 양쪽 끝을 들고서 맞두드린다. 이런 방법으로 조(粟) 10여 섬을 까부는 데에 두 사람이 종일토록 일을 해도 깨끗하게 까불지를 못하니 어찌 답답한 일이 아닌가?

또 조나 콩을 심을 때에는 한 움큼씩 뿌리므로 모종이 엉클어져서 열매를 맺는 데 아주 해롭기만 하다. 그리고 밭두덕을 사이에 둔 밭이 한 쪽은 물이 괴는 것을 염려하고 한 쪽은 가뭄을 걱정하면서 젖고 습한 것을 서로 도움되게 하지 못하고 있다.

물을 푸는 데는 바가지를 이용하는데, 바가지에 담긴 물이 그네 뛰는 모양 같고 아주 둔하게 보여서 우습기까지 하다.

관개하는 것도 물이 한 바탕 거리 안쪽으로 있는데도 반 자 높이 때문에 부딪치게 되어 퍼올리지를 못하는 형편이다. 다만 큰 냇물을 모두 막고 물이 고이게 하여 넘치는 물이 거슬러 들어가기를 바랄 뿐이며, 한 번이라도 휩쓸려 들어가게 되면 열 집의 가산(家産)이 파도 속으로 잠겨 버리고 만다.

이를 막기 위해서라도 길고·옥형·용미·통거³⁾ 등의 사용 방법을 가르쳐야 할 것이다.

또 한 칸 방에 누에를 가득 쳐 사람이 발 디딜 곳조차 없으므로 기왓장을 징검다리처럼 놓았는데, 이를 여자애가 잘못하여 미끄러지면 밟혀 죽는 누에가 태반이나 된다.

잠박을 방 높이대로 층층으로 달면 누에를 수십 배나 쳐도 방에 여유가 생기는 것을 모르기 때문이다. 누에 똥을 가릴 때에도 하나하나 가리므로 하루 종일 걸려도 다 못 하기가 일쑤이다. 그물을 덮고 뽕을 주면 대부분의 누에가 일제히 그물 위로 나오는 것을 모르는 것이다.

또 본성대로 자란 누에가 토한 실은 아주 균일한 것인데도 실을 켜는 자는 처음부터 고치를 헤아리지 않고 제멋대로 고치를 더했다 줄였다 하여 실이 거칠고

깁(帛)에도 털이 생기곤 하는 것이다.

실을 켜는 데에도 자새[4]를 이용하지 않고 손으로 당겨서 앞에다 쌓으므로 물기가 합쳐져서 엉켜진 채로 마른다. 이것을 다시 모래에 눌러 놓고 가리게 되므로 시일만 허비하게 된다. 그러나 자새를 이용하게 되면 열 곱이나 힘을 덜게 되며, 또 갈구리를 멀게 하여 당기면 실이 먼저 마르면서 빛이 누렇게 되지 않는다.

또 베틀은 얽느라 수고하고 차느라 고생하며, 당기느라 수고하며, 북을 드느라 고생하니 하루에 겨우 10여 자를 짜는 데 불과한 형편이다.

중국 베틀은 의자와 같이 편히 앉아서 발끝만 약간 움직여도 베틀이 저절로 닫히며, 북이 저절로 왔다가 저절로 가서 짜내는 것이 곱절이나 빠르다. 이것은 오직 북이 오고가는 것의 빠름의 차이에서 오는 것이다.

우리 나라에서는 두 사람이 하루에 목화 4근의 씨를 발라내고 솜도 4근밖에 틀지를 못하는데, 중국 사람이 80근을 해내는 것과 비교하면 그 차이가 너무 크다.

이들 10여 가지는 한 사람이 이용하여도 이로움이 10배나 되는데, 온 나라 사람들이 이용한다면 그 이로움은 백 배나 될 것이다. 이를 10년만 시행한다면 그 이익은 계산할 수 없을 정도로 큰 것이다.

그러나 이러한 기구를 들여다가 이용할 뜻이 있는 자는 반드시 세력 있는 자는 아니다. 세력이 있는 자라 하더라도 그 시기가 맞지 않으면 정사를 담당한 자라도 이를 시행하려 하지 않기 때문이다.

백성이 농사와 뽕나무 가꾸는 데서 이익이 많지 않음을 알고 딴 방법을 모색하니 자연히 이 때문에 미곡이나 포백(布帛)의 값이 많이 오르고 물건들이 귀해지는 것을 어찌 모르는가?

이미 이러한 원인이 나타난 것이 아주 오래 되었다.

❀

1) 따비 : 쟁기보다 좀 작은 농기구의 일종.
2) 보습 : 쟁기 밑에 달려 땅을 갈아서 흙덩이를 일어나게 하는 삽모양의 쇳조각.
3) 길고·옥형·용미·통거 : 이들 모든 기구는 물을 낮은 곳에서 높은 곳으로 끌어올리는 데 사용되는 것임.
4) 자새 : 실을 감는 데 쓰는 얼레.

이희경[1]의 농기도(農器圖) 서(序)를 붙임

옛적에 신농씨(神農氏)[2]가 나무를 깎아서 보습을 만들고 나무를 휘어서 쟁기를 만들어 비로소 밭갈기를 가르치게 되었다. 그 후 착한 임금과 어진 신하들이 농사일의 묘리(妙理)를 밝히는 것을 만세(萬世)의 법으로 하지 않는 이가 없었다. 그러므로 요(堯) 때에는 후직(后稷)[3]이 토질(土質)을 살펴서 알맞은 곡식을 심게 하여 농사의 스승이 되었고, 순(舜)은 역산(歷山)에서 밭을 갈다가 천자(天子)가 되었다.

우(禹)가 물을 다스려 물과 뭍을 평정하여 백성이 날 곡식을 먹을 수 있게 되었다.

이윤(伊尹)⁴⁾은 유신씨(有莘氏)의 들에서 밭을 갈다가 탕(湯)의 정승이 되었는데 7년 동안 가뭄을 만났으나 백성에게 구전(區田)하는 법을 가르쳐서 재앙을 입지 않았다.

주(周)나라가 일어난 것은 실제로는 후직부터 시작된 것인데, 주공(周公)이 농사일에 힘쓴 것을 칭송하여 〈칠월편(七月篇)〉⁵⁾을 지어 성왕(成王)을 경계하였다.

진(秦)나라에 이르러서는 상앙(商鞅)이 정전(井田)⁶⁾을 폐지하고 밭두덕의 길을 개간(開墾)하였으며 재를 길에다 버린 자는 시장 거리에서 죽였다. 법 자체는 아주 혹독한 것이지만 그 요지(要旨)는 농사를 힘쓰게 하는 데에 근본이 있었던 것이었다.

한(漢)나라가 일어나서 비록 옛 제도를 다 복구(復舊)하지는 못하였으나 효제역전과(孝悌力田科)라는 과거제도를 설치하였다. 그리하여 지방 관리들이 모두 백성에게 경농(耕農)하는 방법을 가르칠 줄 알았다.

기구가 편리하게 되었고 김매기를 하는 데에도 방법이 있어, 힘은 적게 들면서 능률은 갑절이나 되었다. 그때 범승(汎勝)·조과(趙過)·왕경(王景)·황보융(黃甫隆) 같은 이들이 가장 유명한 사람들이었는데 그들은 모두 농촌 출신으로서 관리로 발탁된 사람이었다. 그런 까닭으로 경영(經營)이라는 학문이 농사에도 이용되어, 백성이 그 혜택을 입었으며 이로 인해 교화(敎化)가 이루어졌다.

지금 우리 나라에서는 사람을 임용(任用)하는 데에 오로지 문벌만을 따진다. 공경(公卿)의 아들이라야 공경이 되며, 서민(庶民)의 자식은 서민으로서만 살 수밖에 없다. 이런 법 밖으로는 한 발자국도 벗어나지 못하도록 되었다. 이런 법이 시행된 지가 벌써 오래되었다. 그러니 자연 높은 지위에 있는 사람은 귀하신 몸이 된데다가 또 부자여서 농사일을 직접 하지 않게 되었으며, 어떤 심한 자는 종종 콩과 보리도 구분하지 못할 정도다.

서민은 또 모두 눈을 뜨고도 글을 알지 못하고 가르침을 받은 바도 없으므로 어리석고 무식하기 짝이 없다. 그러므로 오직 힘으로써만 일을 할 뿐이다.

"어리석은 자가 농사일을 한다"라는 속담이 있는데, 이는 상고 시대의 말이 아님을 알 수 있다. 씨앗 뿌리고 심는 방법과 쇠스랑 쓰는 시기, 호미와 보습의 제도를 보면 이전에 만들어진 것이 전혀 없다.

이런 형상이니, 비록 높은 재주와 밝은 지혜로써 깨우쳐 아는 뛰어난 사람이 있다 하더라도 그 학식(學識)을 시행할 수 없는 것이다.

더구나 탁·역·육독·둔차⁷⁾ 같은 기구는 우리 나라에는 하나도 없다. 그러므로 밭고랑이 오랫동안 묵혀 있어서 곡식을 심어도 자라지 못한다. 한 해 동안 부지런히 노력하여도 그 대가를 얻지 못하며, 굶주림이 계속되어도 그 원인을 깨닫지 못한다. 그러니 이렇게 될 원인을 그 누가 알겠는가?

나의 운명이 원래 기구하고 재주가 모자라니 명철(明哲)하신 임금을 보좌하여 한 세상을 구제하는 데는 능력이 부족하다. 그러므로 장차 밭고랑에서 늙어 죽도록 농업에나 힘쓰고자 한다.

우리의 옛 제도를 고치고 보충하지 못함을 애석하게 여기고 풍속의 어두움을 가엾게 여겨, 농기구 중 지금도 쓸 만한 것을 널리 수집(蒐集)하였다. 그리고 아우 추찬(秋餐)을 시켜 그림을 그려서 책 한 권을 만들었는데 밭 갈고 김 매는 여가에 펼쳐 보기 쉽도록 하였다.

아마도 한 집에서 이용하기에는 족할 것이지만, 어찌 세상 전체에 도움을 줄 수 있다고 하리오?

❀

1) 이희경(李喜經) : 자세히는 알 수 없으나 초정(楚亭)의 벗으로서 실학자의 한 사람인 듯함.
2) 신농씨 : 중국 고대의 전설적인 제왕(帝王)으로서, 농사 방법을 처음으로 백성에게 가르쳤다 함.
3) 후직 : 주(周)의 시조인 기(棄)의 별명. 순(舜) 때 농사일을 맡아 보았음.
4) 이윤 : 은(殷)의 어진 재상(宰相). 한때 유신씨의 들에서 농사를 지었음.

5) 〈칠월편〉:《시경》〈빈풍〉의 장명(章名). 농사 짓는 어려움과 고달
   픔을 노래한 것.

6) 정전 : 은(殷) 때에, 육백삼십 묘(畝)를 정자 형으로 아홉 구역으로
   나누어서, 겉둘레 여덟 구는 여덟 농가에게 나누어 주고 복판 구
   역은 공전(公田)으로 하여, 여덟 농가의 힘으로 공전을 공동 경작
   하게 하며, 거기에서 수확되는 것을 국가에서 수입할 뿐, 일체의
   조세(租稅)는 없었음. 주(周) 때에는 방백묘(方百畝)를 정자 형으로
   나누었다 함.

7) 탁·역·육독·둔차 : 모두 크기에 차이가 있을 뿐 기계화된 고무
   래.《농경전서》

이희경의 용미차(龍尾車) 설(說)을 붙임

윤암은 "우리 나라 농기구는 완전하지 못한 것이 많
다"고 하였다.

수차(水車)를 봐도 처음에는 이것의 편리함을 깨우쳐
안 자가 없었다. 무릇 물의 성질은 아래로만 내려가는
것이므로 비록 한 뼘밖에 안 되는 높이라도 올라가게
할 수 없다고 생각했다.

그런 이유로 오늘날에 수리(水利)라고 말하는 것은,
반드시 물의 하류를 막아, 물이 괴면 수면이 높아지면
서 밭에 넘쳐 들어가기를 기다리는 것이다.

매양 폭우라도 와서 막은 것이 터져 버리면 열 집이
울부짖게 되니, 얼마나 어리석은 짓인가 말이다.

내가 태서(泰西 : 서양) 용미차 제도를 보니 그 운전
(運轉)하는 법이 교묘하여서 보통 사람으로서는 이해할
수가 없었다. 또 물을 올리는 양이 많아서 통거(筒
車)·항승(恒升)·옥형(玉衡)[1] 등과 비교하면 그 성과
가 몇 갑절이나 되었다.

만약 축[軸]의 길이가 두 자[二尺]가 되면 담[墻 : 실
린더]의 높이도 또한 두 자이며 사면 담 사이의 물의
높이도 같은 두 자이다.

옛 사람이 "큰 개천 물을 떠놓은 듯하다"라고 했던
말이 참으로 거짓이 아니었다.

내가 일찍이, 두어 치 되는 나무를 깎아서 축을 만
들고 벗나무[樺] 껍질을 이용하여 바깥 둘레를 싼 다
음, 바퀴를 달아 운전하였는데 바퀴는 작지만 토규(土
圭 : 해 그림자를 측정하던 기구) 바퀴만하였다.

아이를 시켜 작은 못가에 가설(架設)하고 시험삼아
운전하였더니 생각한 대로 되었고 보는 사람은 놀라서
"귀신 놀음이다"라고 하였다. 어떤 사람은 "수차의 몸
통이 큰데다가 물이 무게를 겹치게 되며 또 물이 씻어
가게 되어서 축의 쇠가 빨리 닳을 것이므로 그것을 고
치고 바꾸려면 괴롭기만 할 것이니 쓸 것이 못 된다"
고도 하였다.

이에 나는 "그대는 육상(陸上)에서 쓰는 수레의 축대
를 보았는가? 무거운 짐을 싣고 먼길을 가노라면 한없
이 굴렀을 터인데 축대에 고장이 생겼다는 것을 아직

까지 듣지 못하였다. 수차를 돌릴 때에 너무 빠르게 하여 작은 아이들의 바람개비처럼 팔랑팔랑하게 하면 물이 미처 올라오지 못하고, 도리어 공전(空轉)하기만 할 테니까 굴리는 방법은 천천히 하는 것이 좋고 빠르게 하는 것은 좋지 못하다. 그러함에도 무엇 때문에 축이 쉽게 닳을까 염려하는 것인가?" 하고 책망하였다.

중국 호부원외랑(戶部員外郎) 당락우(唐樂宇)의 아호(雅號)는 원항(鴛港)이고, 사천성(四川省) 면주(綿州) 사람인데, 이상한 기계를 많이 알고 있었다.

나의 벗 초정(楚亭)과 함께 문답(問答)하였는데, 그의 말이 내 말과 서로 같았다.

그는 "강남(江南)에서는 나무로 만든 축을 사용한다"는 말도 하였다. 그런데 축을 설치할 때에 미끄러져서 땅에 떨어뜨리면 반드시 부서지고 상하기 쉽다. 우리나라 사람은 솜씨가 거친 만큼 이 점을 조심해야 할 것이다.

❈

1) 통거 · 항승 · 옥형 : 모두 물을 퍼올리는 기구. 크기와 복잡한 정도
   가 다를 뿐 세 가지 모두 비슷한 구조임.

과거론(科擧論)

과거란 무엇인가? 장차 사람을 뽑으려는 것이다. 사람을 뽑는다는 것은 무엇인가? 장차 그 사람을 임용(任用)하려는 것이다.

문장(文章)으로써 사람을 시험하고 뽑아 그 사람의 문장을 이용하는 것은, 활쏘기로써 사람을 뽑아 그 사람의 활 솜씨를 이용하려는 것과 같은 것이 아닌가?

그렇다면 지금의 과거라는 것은 무엇하는 것인가? 이전에 본 과거에 합격한 사람도 미처 다 임용하지 못하였는데 뒤에 본 과거 합격자가 또 무더기로 나오고 있다. 삼 년 만에 보는 대비과(大比科)[1] 외에도 반시(泮試)[2]·절일제(節日製)[3]·경과(慶科)[4]·별과(別科)[5]·도과(道科)[6] 등이 있어서 그 종류가 다양하다.

수십 년 동안 대과(大科)[7]와 소과(小科)[8]에 합격한 인원이 국가 관직(官職) 정원(定員)의 열 배나 된다. 열 배나 되는 합격자를 모두 임용할 수는 결코 없으니 십분의 구는 헛되이 과거를 실시한 것이 분명하다.

사람을 등용(登用)한다는 뜻은 과연 어디에 있는가?

지금 과거에는 시체 문장(時體文章)으로서 사람을 시험하는데 그런 문장으로는 위로 관각(館閣)[9]에 임용되어 자문(咨文)에 대비할 수 없으며 아래로는 사실을 기록하고 정서(情緒)를 펴지도 못한다. 더벅머리 때부터 배워서 머리카락이 희어졌을 때에 비로소 과거에 합격

하였으나 합격한 그날부터 지금까지 공부한 것을 모두 버리게 되어, 평생의 정력(精力)이 이미 다 쇠하였고 그러니 자연 나라에서도 쓸모가 없다.

과문(科文)에는 시(詩)·부(賦)·표(表)[10]·책(策)[11]이 있고, 시·부·표·책에는 포두(鋪頭)·포서(鋪敍)·입제(入題)·회제(回題)·초항(初項)·재항(再項)·중두(中頭)·허두(虛頭)라는 격식(格式)이 있다.

그리고 사서의(四書疑)[12]·오경의(五經義)[13]라는 것은 대개 진부하고 같은 것이 많아서 한 글자도 참다운 지식과 새로운 해석이 없다. 독서하는 자가 글자를 보면 운(韻) 다는 것이나 생각하고, 글귀를 보면 시험 제목만을 생각한다.

그 말은 이용해도 그 사실은 알지 못하는데 이것으로써 사람을 뽑으니 정말 이처럼 허술한 시험이 있겠는가?

더구나 남의 글 솜씨를 빌리기도 하며 남의 것을 대신 지어 주기도 하는데, 요행을 바라고 무턱대고 과장(科場)에 나서는 폐단을 일일이 거론(擧論)하지 않아도 족하다. 시골에서 보이던 하찮은 과시(科試)에도 시집(詩集)을 바치는 자가 여차하면 천 명이 넘고 서울에서 보이는 대동과(大同科)에는 종종 수만 명씩이나 된다.

그런데 수만 명이나 되는 많은 사람들의 시집을 어느 틈에 다 보았는지 반 나절 안에 방(榜)을 걸기도 하는데, 고시(考試)를 주관(主管)하는 사람이 등급 매기는 붓을 잡기에도 괴로울 정도가 되면 그는 아예 눈을 감고서 퇴짜만 놓는다.

이런 때면 비록 한유(韓愈)[14]가 과거를 주관하고 소식(蘇軾)[15]이 글을 지었다 해도 그렇게 극히 빠른 동안에는 그 글을 알아주기 어려울 것이다.

도대체 당당한 선비를 뽑는 것이 도리어 제비 뽑는 재수만도 못하니, 사람을 뽑는다는 방법을 과연 믿을 수 있겠는가?

이와 같은 상황에 더구나 문벌(門閥)이다 당파(黨派)다 하여 그 연고로 덕을 보기도 하고 잘못되기도 한다. 요행으로 이런 어려운 고비를 면하고 제때에 등용된 자는 또한 아주 교묘한 사람이라 하지 않을 수 없다.

그런즉 사람을 임용하는 것은 과거를 주관하는 자의 농간에 달렸고, 선비들의 실력에 있는 것이 아니다. 옛날에 구양공(歐陽公)[16]은 소식(蘇軾)을 위해서 고시기일(考試期日)을 뒤로 물리기도 하였는데, 그가 어질다는 것을 분명하게 알았으므로 그를 위하여 고시 기일까지 물려 가면서 그를 합격시켰던 것이다.

지금 우리 나라에서는 과거를 보여서 합격권 안에만 있으면, 그 사람이 쓸모 없는 사람임을 분명히 알면서도 뽑는데, 시체 글을 공부한 사람 따위가 여기에 해당된다. 또 합격권 밖이라면 그 사람은 쓸 만한 사람이라는 것을 분명히 알면서도 등용하지 않는데, 학식이 넓고 기예(技藝) 있는 사람이 여기에 해당된다.

예전의 과거는 장차 인재를 뽑으려는 것이었는데, 지금 과거는 장차 사람을 제한하려는 것이다.

대체로 사람이 나서 열 살이 되면 슬기가 나날이 더해져서, 마치 대나무가 돋기 시작하면 만 자〔萬尺〕나 뻗을 기세인 것과 같다. 이 시기에 시체 글을 가르쳐서 몇 해를 골몰(汨沒)토록 하니, 고질화된 풍속(風俗)은 고칠 수 없으며, 요행으로 과거에 올랐다 하더라도 과거에 오른 그날부터 평소에 배웠던 시체 글을 모두 버려, 일생의 정력(精力)이 이미 소모(消耗)되었고 나라에서도 쓸 곳이 없게 된다.

대체로 사람을 뽑아 놓고도 쓸 곳이 없고, 또 소용없는 글을 뽑는 것을 내가 종일토록 먹지 않고 밤새도록 자지 않으면서 생각해도 그 까닭을 이해하지 못하는 바이다.

어떤 사람은 "우리 나라에 유명한 신하가 모두 이와 같은 과거 제도를 거쳐 나왔다"고 한다.

그러나 그것은 그렇지가 않다. 천하의 길을 죄다 막아 놓았고 문이 하나뿐이라면, 비록 공자(孔子)라 할지라도 이 문을 지나야만 나올 수 있는 것이다. 그러나 예전의 과거는 지금과 같지 않았음을 알 수 있다. 왜냐하면 조종조(祖宗朝)[17] 때에, 과거에 응시(應試)한 유생(儒生)이 4백 명이나 된다 하여 백관들이 국가의 경사라 하여 왕에게 경하한 일이 있었다.

이처럼 4백 명이 응시한 것을 가장 많다 하였으니,

딴 것은 논할 것도 없고 오직 과장(科場)에 입장(入場)하는 한 가지 일만 보더라도 앞을 다투어 밟고 밟히는 폐단이 없었음을 알 수 있을 것이다.

지금은 그때보다 백 배나 많은 유생들이 물과 붓, 짐 따위를 가지고 입장하는데, 힘센 무인(武人)도 들어가며 심부름하는 종도 들어가며 술장수도 들어가니 과장이 어찌 난잡하지 않겠는가?

심지어는 이들이 망치로 서로 치고 막대기로 서로 찌르기도 한다. 문간을 막고, 길에서 욕하며, 변소(便所)에까지 따라와서 버럭질을 하려 든다.

이러므로 하루 동안 과거를 본다는 것이 사람의 머리카락을 희게 할 정도로 피로케 하며 가끔은 살상(殺傷)과 압사(壓死) 사건도 있다. 여러 선비가 화기애애(和氣靄靄)하게 읍(揖)하고 공손하여야 할 장소에서 강도가 싸움하는 듯한 버릇들을 부리니, 옛 사람이 있다고 하면 지금 같은 과장에는 아예 들어가지도 않았을 것이다.

일찍이 들으니, 중고(中古) 때의 사대부(士大夫)들은 과거를 보면서도 과거 보는 것이 싫어서 억지로 보는 그런 면이 있었다 하는데, 지금은 온 나라 사람이 과장에 들어가며 과거 보는 것이 은연중 생명과 의리상에서 빠질 수 없는 것처럼 여긴다.

구구한 시체 글이나 아는 그런 안목(眼目)으로서 방자스럽게 육경(六經)과 옛 글을 말하니, 그런 버릇으로

장차 경서의 참 뜻을 배반하고 옛 것을 업신여기고야
말 것이니 세상꼴이 돌아갈 걱정을 어찌 말로써 다 할
수 있으리오.

그런즉 지금 당장 고쳐야 할 것을 말한다면 과거보
다 먼저 할 것이 없고, 과거제도를 고치려면 중국 제
도를 배우는 것보다 먼저 할 것이 없다.

첫째는 문체(文體)를 보아야 할 것이고, 둘째는 주관
하는 고시관(考試官)이 어떤 문제를 내느냐 하는 것이
며, 셋째는 과장(科場)을 다른 사람이 들어 오지 못하
도록 잠그는 것이다.

중국도 또한 글로써 선비를 뽑는다. 사(詞)와 부(賦)
는 수(隋)·당(唐) 시대부터 시작되었고, 팔고체(八股
體)[18]는 왕안석(王安石)[19]에서 비롯하였으나 이 문체가
천하를 병들게 함이 지금에 와서 아주 심하다. 그러나
그때 과거에는 경서(經書)의 뜻을 이해하고 답하여 지
은 응시자의 의견이 넓고 깊었으며, 전중(典重)하고 아
담하여 체재(體裁)가 구비되었다. 또 오언시(五言詩)[20]
와 팔운시(八韻詩)[21]는 일정하고 묘(妙)하였고, 갑부(甲
賦)[22]는 맑고 밝았으며 운과 합치되어 정해진 바에 의
거(依據)한 것이었다. 그러므로 다락집에 오르면 시계
(視界)가 달라지는 풍경이 있는 것과 같아서, 우리 나
라 고문(古文)으로써는 전혀 이에 미치지 못한다.

따라서 진실로 과거제도를 전부 개혁하여서, 능히
삼대(三代)의 옛 제도대로 회복하지 못할 바에는 우선

위에 말한 세 가지 방법이라도 이용하는 것이 좋을 듯
하다. 그렇게라도 한다면, 한 세상의 이목(耳目)을 새
롭게 하기에는 충분할 것이며, 온 나라 사람의 고황[23]
에 든 병이 조금은 나은 방향으로 바뀌어질 것이다.

또 중국의 과거는 모두가 한 달 후에 방(榜)을 걸며
감정(勘定)한 시권(詩券) 끝에는 반드시 누가 평(評)하
였으며, 누가 점수를 매겼다는 것을 기록한 다음, 본
인에게 돌려주어서 천하 사람이 그 떨어지고 합격한
이유를 환하게 알게 하였다.

또 편수관(編修官)이나 한림(翰林)으로서 명망 있는
사람을 선별한 다음, 각 성시(省試)[24]에 파견하여 고시
를 주관하게 하며, 그 고시에 합격한 자가 현명한가
아닌가를 다시 살펴서 그 결과로써 고시를 주관한 자
의 영예(榮譽)와 치욕(恥辱)으로 삼게 하였다.

그런 까닭에 재능(才能)이 없는 자는 감히 망녕되게
응시하지 못하고 명망(名望)을 좋아하는 자는 또한 꺼
리는 바가 있도록 하였다.

또 중국의 과거 시험장은 모두가 방 안에서 치르도
록 되어 있어서 잠그도록 된 까닭에 이를 장옥(場屋)·
쇄원(鎖院)이라고도 하였다. 이는 응시하는 자의 속임
수도 막고, 바람과 비에도 대비(對備)할 수가 있다. 일
찍이 중국 과거 시험장의 배치도를 보았는데 둘러막은
것이 정말 견고하였다. 선비 한 사람에 방이 하나, 조
그마한 공간이 있고, 붓·벼루·음식·요강 따위가 모

두 그 안에 있었다. 졸개 두 사람이 지키는데, 한 사
람은 심부름을 하고 한 사람은 문을 지키는 것으로,
그 법이 이와 같은 것이었다.

앞으로 우리 나라도 우리식의 과거제도대로 뽑더라
도 집이 5백 칸이면 될 것이고, 중국 제도대로 뽑는다
면 3년 후에는 집이 2백 칸이면 족할 것이다.

옛 제도대로 덕행(德行)과 육예(六藝)[25]로 뽑아서, 백
사람의 인재만 얻는다면 나라를 다스리고도 남을 것이
니 시장을 집으로 만든다 하더라도 무엇이 어렵겠는
가?

어떤 사람은 "나라 안의 수많은 유생을 누가 능히
하나하나 구별하겠나"고 반문한다.

그러나 이것은 어렵지 않은 일이다. 재능 있는 사람
은 반드시 발탁(拔擢)하고 재능 없는 자는 반드시 쫓아
버린다면 사람들이 어찌 애만 쓰고 효과 없는 짓을 하
고자 하겠는가? 시험장에 스스로 오지도 않을 것이다.

이에 울[圍]을 잠그고서 남의 글을 표절(剽竊)하는
것과, 능력도 없이 무턱대고 참석하는 것을 금하는 법
을 엄하게 하면, 자신이 능히 공명(功名)을 이룰 만한
사람이 아니면 오지 않을 것이다.

또 반드시 참가 유생의 능력이 있는가 없는가와 바
깥에서 그를 평하는 공론을 기록하여 지참토록 하면
선별하는 데 아주 좋은 참고가 될 수 있을 것이다. 이
와 같이 한다면 합당하지 못한 자가 없을 것이다. 그

러나 비록 이렇게 한다 하더라도 천하의 선비를 어찌
과거제도로써 다 끌어 모을 수 있겠는가?

❀

1) 대비과 : 자·묘·오·유(子卯午酉)년에 보던 과거이며, 식년과(式年
   科)라고도 함.
2) 반시 : 성균관(成均館) 유생 (儒生)에게 보던 과거.
3) 절일제 : 9월 9일과 같은 명절에 보던 과거.
4) 경과 : 국가에 경사스러운 일이 있으면 특별히 보던 과거.
5) 별과 : 병년(丙年)에만 보던 특별한 과거.
6) 도과 : 각 도에서 보던 과거. 시험관은 중앙에서 파견하였음.
7) 대과 : 중앙에서 실시하던 문과시(文科試).
8) 소과 : 생원(生員)과 진사(進士)를 뽑던 과거.
9) 관각 : 홍문관(弘文館)과 예문관(藝文館), 또한 한림(翰林)의 별칭.
10) 표 : 어떤 사실을 명백하게 기록하여서 임금을 깨우치는 글. 제갈
    량(諸葛亮)의 출사표(出師表)와 같은 것. 한(漢), 위(魏) 때부터 시
    작되었음.
11) 책 : 정치상 잘잘못을 시험문제로 내고 거기에 대한 개선책(改善
    策)을 적어 내게 하던 과문(科文)의 하나.
12) 사서의 : 사서(논어·맹자·중용·대학) 중에 의문되는 점을 설명
    하는 것.
13) 오경의 : 오경(주역·시경·서경·예기·춘추) 중 어떤 문장의 뜻
    을 해설하게 하는 것.
14) 한유 : 당나라 사람, 자(字)는 퇴지(退之). 불교와 도교(道敎)를 배
    척하고 유교를 숭상하였음. 경사(經史)에 밝고 옛 문체를 본받아서
    문장이 일가를 이루어 세상에서 그의 글을 한문(韓文)이라 하였음.
15) 소식 : 송(宋)나라 사람, 호는 동파(東坡). 시문(詩文)이 훌륭하고
    서화(書畵)를 잘하였음. 유명한 〈적벽부(赤壁賦)〉의 작자.
16) 구양공 : 송나라 사람, 이름은 수(修). 시는 이태백(李太白)·두보

(杜甫)의 장점을, 문은 한유(韓愈)의 장점을 겸하였다 함.

17) 조종조 : 임금의 시조(始祖), 또는 나라를 중흥시킨 윗대 임금의
    때를 가리킴.
18) 팔고체 : 과문의 한 체로서 명·청 때 완성되어 청말에 폐지되었음.
19) 왕안석 : 송나라 사람. 시문을 잘하였고 정사를 맡아 신법을 많이
    제정하였음.
20) 오언시 : 글귀 하나가 다섯 자로 된 시. 스무 자로 된 것은 오언
    절구(五言節句), 마흔 자로 된 것은 오언율시(五言律詩)라 함.
21) 팔운시 : 미상.
22) 갑부 : 부(賦)는 문체의 하나인데 보통 부는 고부(古賦)라 하고,
    과거에 응시하는 부는 갑부라 하여 구별하였음.
23) 고황 : 고는 심장 아래쪽에 있는 가느다란 비계이고, 황은 횡경막
    위에 있는 얇은 막. 여기에 침입한 병은 의약의 힘이 미치지 못하
    고 침도 닿지 않아서 아주 고치기 어려운 병임. 《左傳》
24) 성시 : 각 성에서 보이던 과시(우리 나라 도시(道試)와 같음).
25) 육예 : 예(禮)·악(樂)·사(射)·어(御:수레달리기)·서(書)·수(數)의
    여섯 가지.

북학변(北學辨)

하사(下士)[1]는 중국에도 오곡(五穀)이 있는가 하고
묻고, 중사(中士)는 중국 문장이 우리 나라보다 못하다
평한다. 또 상사(上士)는 중국에는 성리학이 없다고 한
다. 과연 이들의 말과 같다면 중국에는 한 가지도 볼
만한 것이 없고 내가 말하는 중국의 모든 제도를 배워

야 한다는 것도 맞지 않는다.

그러나 중국은 천하에 큰 나라이니 무엇인들 없겠는가?

내가 지나오며 본 곳은 중국의 한 모퉁이에 불과한 유주(幽州)·연주(燕州)이고, 내가 만난 사람도 문학한 선비 몇 사람이 있을 뿐, 도학(道學)을 물려받은 큰 선비는 실제 보지도 못하였다. 하지만 반드시 그런 사람이 없다고 감히 말하지 못하는 것은 중국의 서적(書籍)을 다 읽지 못했고, 중국의 지역을 제대로 두루 돌아보지 못한 때문이다.

이제 육농기·이광지(李光地)의 성명학(姓名學)과 고정림(顧亭林)의 존주론(尊周論)과 주죽타(朱竹陀)의 박학(博學)과 왕어양(王漁洋)·위숙자(魏叔子)의 시문(詩文)을 알지 못하면서 "중국의 도학과 문장은 볼 만한 것이 없다"라고 단언하고, 천하의 공론(公論)마저 아울러 믿지 않는데 요즈음 사람들은 무엇을 믿고서 그러는지 나는 모르겠다.

대개 서적에 기재된 것은 극히 범위가 넓고 의미가 무궁하다. 그런 까닭에 중국 서적을 읽지 않는 자는 스스로 자신의 식견(識見)에 한계를 긋는 것이고, 중국을 다 호(胡)라고 하는 것은 남을 속이는 것이다. 중국에 비록 육상산(陸象山)·왕양명(王陽明)[2]의 학설이 있으나, 주자학(朱子學)의 적통〔嫡傳〕은 제대로 있는 것이다.

우리 나라에는 사람마다 정(程)·주(朱) 학설을 말할
뿐이며 나라 안에 이단(異端)³)이 없으므로 사대부(士大
夫)는 감히 강서(江西)·여요(餘姚)⁴)의 학설을 논하지
못한다. 그러나 도(道)가 한길로만 나와서 그런 것은
아니다. 과거라는 울안에 몰아놓고 풍속에 구속받으
며, 이와 같이 하지 않으면 몸을 둘 곳이 없고 자손마
저 보전하지 못하기 때문이다. 이런 모든 것이 중국과
같이 큰 규모가 되지 못하는 요인이 된다.

무릇 우리 나라의 훌륭하다는 기예를 다 움직여도
중국의 한 부분에 불과할 터인데 서로 비교하려는 것
은 이미 자신을 알지 못하는 자이다.

내가 연경(燕京)에서 돌아오니 국내 사람들이 잇달아
와서 중국 이야기를 들려주기를 청하였다. 나는 일어
나서 "그대는 중국의 비단을 못 보았나, 꽃과 새·용
따위의 무늬가 번쩍번쩍하여 살아 있는 듯하며 가까이
보면 기뻐하는 듯, 슬퍼하는 듯하는 모습이 금세금세
달라진다. 그것을 보는 자는 다 직조(織造) 기술이 과
연 여기까지 이를 줄은 생각하지 못하였다는 것인데,
우리 나라 면포(綿布)가 날과 씨(緯)만으로 짜여져 있
는 것과 비교해 보기 바라네. 그 차이가 어떠한가?

중국에는 어떤 물건이든지 그렇지 않은 것이 없다.
말하는 모든 것이 문자(文字) 그대로이며 집은 금 채색
으로 꾸몄고, 수레가 많이 통행하고 향기로운 냄새도
많다.

그 도읍(都邑)·성곽(城廓)·음악[笙歌]의 변화함과 무지개 다리와, 푸른 숲 속에 은은하게 오가는 풍경은 완연히 그림과 같다. 부인네의 머리 모습과 긴 저고리는 모두 옛날 제도 그대로이며 멀리서 바라보면 몸매가 날씬하여, 우리 나라 부인네의 짧은 저고리와 폭 넓은 치마가 여전히 몽고(蒙古) 제도를 이어받고 있는 우리네 것과 같지 않다" 하였더니 모두 허황하게 여기며 믿지 않았다.

평소에 생각하던 것과 아주 다르다는 이상한 얼굴을 하고 돌아가면서, "호국(胡國)을 우단(右袒)5)한다"는 것이었다.

아아, 나를 찾아왔던 이 사람들은 모두가 장차 유도 (儒道)를 밝히고 이 나라 백성을 다스릴 사람인데 그 고루(固陋)함이 이와 같으니, 오늘날 우리 나라 풍속이 진흥(振興)하지 못하는 것이 당연하다.

주자(朱子)는 "오직 의리(義理)를 아는 사람이 많기를 원한다"고 하였으므로 나도 이에 대해서만은 변론하지 않을 수 없다.

✳

1) 하사 : 우매한 하등 사람이라는 뜻. 중사(中士)는 하사보다는 좀 나은 사람이고, 상사(上士)는 도(道)를 들으면 부지런히 실행하는 사람을 말함.

2) 육상산과 왕양명 : 육상산은 송(宋)나라 사람, 이름은 구연(九淵), 상산은 호. 주희(朱熹)와 아호(鵝湖)에 모여 학술을 토론하였는데

학설이 서로 엇갈렸음. 왕양명은 명(明)나라 사람, 이름은 수인(守仁)이고, 양명은 문인들이 부르던 호. 마음이 곧 이치라는 주장은 주희의 학설과 많은 차이가 있음. 우리 나라 유학자들은 오직 주희의 학설만을 존중하는 까닭으로 육·왕 두 사람의 학설을 마치 이단(異端)처럼 여겼음.

3) 이단 : 유교와 다른 사상, 즉 불교·크리스트교와 그 외 노자(老子)·장자(莊子) 등 제자(諸子)의 사상.

4) 강서·여요 : 강서는 육구연의 고향이고 여요는 왕양명의 출생지.

5) 우단 : 한나라 혜제(惠帝) 때에 여록(呂祿)·여산(呂産)이 반란을 일으켰는데 장수 주발(周勃)이 군사에게, "유씨(劉氏)를 위하는 사람은 오른편 어깨가 나오도록 웃옷을 벗고 반대하는 사람은 왼편 어깨가 나오도록 하라" 하자 그 뒤부터 한쪽을 편드는 것을 우단한다 하였음.

관론(官論)

관직(官職)에 청(淸)과 탁(濁)이 있기 시작한 것은 아마도 국가의 본의(本意)는 아닐 것이고 문벌이 생긴 이후부터 나타난 것으로 생각한다.

어떤 사람이 있다고 했을 때, 얼굴색은 아주 좋아 보이지만 오줌 누기를 싫어해서 사흘 동안 오줌을 누지 않으면 그는 죽고 말 것이다.

같은 몸뚱이 속에 있는 것치고 어느 것 하나 나의 것이 아닌 것이 없는 것과 같이, 같은 나라 안에 있는 모든 것이 또한 어느 것 하나 나에게 소용되지 않은 것이 없다.

옛적에 고요(皐陶)[1]가 옥관(獄官)이 되어, 옥을 담당하게 되었는데, 그렇다고 지체가 낮아졌다고 여기지를 않았다. 비자(非子)[2]가 병수와 위수(渭水) 사이에서 말을 사육하는 일을 하게 됐으나, 그가 목장을 감독한다고 해서 신분이 더 천해지지는 않았다. 백성에게 공덕을 남기고 국가를 위해서 힘을 다한 것은 벼슬이 높았을 때나 낮았을 때나 같은 것이라는 말이다.

지금 같은 현령(縣令)이라도 어느 고을은 이 사람이 할 자리이고, 어느 고을은 저 사람이 할 자리라고 하니 이것은 청(淸)하고 탁(濁)함이 벼슬에 있는 것이 아니고, 고을 수입이 후(厚)한가 박(薄)한가에 따라 이렇게 구분되는 것이다.

똑같은 관각(館閣)의 벼슬이라도 아무개가 하면 더 높아지고 아무개가 하면 조금 낮아진다 하니 이것은 청하고 탁함이 관직에 있지 않고 문벌의 높고 낮음에 있는 것이다.

그러하니 벼슬에 과연 청하고 탁함이 있다 할 것인가 말이다. 더구나 예전에 청하다던 벼슬이 지금에는 그렇지 않고, 예전에 탁하다던 것이 오늘날엔 청하다 하니, 소위 청하다 탁하다는 말이 과연 믿을 만한 것인지 의심스럽다.

모름지기 벼슬에 청한 것과 탁한 것이 있다면, 청한 벼슬에는 반드시 다투어 달려들 것이고, 탁한 벼슬에

는 반드시 서로 피하려 들 것이다. 그러나 어떻든간에
다투면 사이가 서로 벌어지게 되는 것이고 피하면 일
이 안 되는 법이다.

당파(黨派)가 성립되어 권력(權力)이 아래에 있고 위
로 넘어오지 않으면, 임금은 무슨 낙(樂)으로 정치를
하겠는가? 그런 까닭에 벼슬에 청탁이 있다는 것이 국
가의 본의(本意)가 아니라는 것이다.

❋

1) 고요 : 순(舜) 임금의 신하. 법리(法理)에 밝아서 형벌을 제정하였음.
2) 비자 : 주(周)나라 때 사람. 영진이라고도 부름. 말(馬)을 좋아하므
   로 주효왕(周孝王)이 불러 병수와 위수(渭水) 사이에서 말을 주장하
   도록 하였더니 크게 번성하였음.

녹제(祿制)

원현천(元玄川)[1]이 일본에 갔을 때 일본 사람이 우리
나라 《경국대전(經國大典)》[2] 안에 있는 봉사녹조(奉事祿
條)의 판각본(板刻本)을 가지고 와서 "귀국에는 어찌해서
녹봉(祿俸)이 이렇게 적습니까?" 하고 물었다고 한다.

아마도 그때에는 현천이 장흥고 봉사(長興庫奉事)[3]의
벼슬에 있었기 때문이었으리라.

현천이 보니 이는 임진년(壬辰年) 이전의 녹봉 제도

로서, 오늘날 녹봉과 비교하면 갑절이 넘는 것이었다.
그러나 어떻게 대답할 도리가 없어서 "이것뿐만이 아
니다"라고 속였으나 마음속으로는 매우 부끄러웠다고
한다.

　대개 벼슬에는 반드시 녹이 있고 녹은 반드시 농사
를 지어 얻는 수입과 같음을 알게 한 다음에야 그 사
람에게 능력을 다할 수 있도록 책임지울 수 있는 것이
다. 여기에 어떤 사람이 있어 그의 종을 굶겨 놓고 날
마다 부리기만 한다면 그 종은 결국 주인의 재물을 도
둑질하고 말 것이다.

　우리 나라 벼슬은 녹봉이 적은 까닭에 큰 벼슬, 작
은 벼슬을 막론하고 모두가 권력으로써 자신이 먹을
것을 만든다. 그리하여 권력 있는 사람에게 기대기도
하고 팔리기도 한다. 권력이 있는 자리는 비록 작은
관리라 할지라도 부자가 될 수 있는데, 이것은 바로
뇌물 때문이며, 권력이 없으면 비록 대신(大臣)이라도
다만 규정된 녹봉만을 바랄 뿐이다. 이것으로는 처자
(妻子)를 부양[庇護]하기에도 애초부터 부족하다.

　또 지방 관원은 정해진 녹봉이 없다. 그럼에도 불구
하고 어떤 현령(縣令)이나 현감(縣監)은 목사(牧使)보
다도 수입이 열 배나 넘는다 하니 이것이 어찌 옳은 이
치라 할 수 있겠는가?

　더구나 내직(內職 : 조정 내의 여러 관직)에 근무하는
자는 녹봉 그것만을 믿고서 생활할 수가 없다. 그러므

로 사대부들이 외임(外任 : 지방의 여러 관직)을 좋아하게 된 것이고 내직을 경시(輕視)하게 되었다.

한번 목사나 현감 자리를 얻어서 지내게 되면, 반드시 자손 여러 대에 걸쳐 살 수 있는 재정적 기초를 장만한 다음에야 그만두려고 한다. 이처럼 독직(瀆職)하는 풍습이 나날이 성해지자 백성들의 생활이 나날이 곤궁(困窮)하여지는 것은 필연적인 일이 아닌가 한다.

그러나 중국은 우리와 달라서 비록 구품직(九品職)에 들지 못하는 관리라도 녹봉이 우리 나라 대신이 받는 것보다 많다.

외읍(外邑)에는 양렴(養廉 : 녹봉 외의 별도의 봉급)이라는 것이 있어서, 관원이 부임할 때나 돌아갈 때에는 자신이 자유롭게 쓸 수 있는 자금이 조금은 있게 되어 있다. 그렇게 해놓은 다음, 백민(百緡 : 백 꾸러미의 돈) 이상의 재물을 모은 자에게는 장률(贓律 : 뇌물을 받은 관리를 다스리는 법률)을 적용(適用)하는데, 이것이야말로 지극히 정당하고 지극히 공평한 도(道)가 아닌가 한다.

1) 원현천 : 현천은 호, 이름은 중거(重擧). 늙었을 무렵 찰방(察訪)에 올랐으나 곧 파직당하고 지평(砥平) 고을 산 속에서 밭을 사들여 농사를 지었다고 함.

2) 《경국대전》: 조선 세조 때에 최항(崔恒) 등이 왕의 명에 의해 조선의 정치체제의 기본 원칙을 기록한 법전서이다. 그러나 그 이후로도 여러 번 개수되고 증보되었음.

3) 장흥고 봉사 : 장흥고는 조선시대에 궐내에서 쓰이는 일용품을 관
   장하던 관청. 봉사는 관직의 하나.

재부론(財賦論)

재물을 잘 다스리는 자는 위로는 하늘의 때〔天時〕를
놓치지 않고, 아래로는 지형의 이로움〔地利〕을 잃지 않
으며, 중간으로는 사람이 해야 할 일〔人事〕을 잃지 않
아야 한다.

도구가 편리하지 못하여 남들이 하루에 하는 것을,
나는 한 달이나 두 달 걸려 한다. 이는 바로 하늘이
준 기회를 잃게 되는 것이다. 또 밭을 갈고 씨앗 뿌리
는 것을 계획도 없이 대충하게 되어 비용만 많이 들어
가고 수확이 적게 된다면 이는 지형의 이로움을 잃게
되는 것이다. 물자가 제대로 유통되지 못하고 놀고 먹
는 자가 나날이 많아지게 되면 이는 바로 사람이 해야
할 일을 잃고 마는 것이 된다.

바로 이러한 세 가지를 우리 나라가 잃고 있는 것은
중국을 제대로 배우지 않았기 때문이다.

예전에 신라는 경상도 한쪽만한 땅을 가지고서도 북
쪽에 있던 고구려와 맞설 수 있었고, 서쪽에 있던 백
제를 정복할 수 있었다.

이때에는 당나라 군사 10만여 명이 몇달 몇해를 나라 안에서 머물고 있던 때이기도 했다.

이럴 때 호궤[1]와 접대에 실수를 했다든가, 말을 먹이는 사료와 군량을 떨어지게 하는 날이 한 번이라도 있었더라면 신라가 과연 제대로 자신들의 위업을 달성할 수 있었겠는지 알 수 없는 상황이 되었을 것이다. 그러나 결국 좌우에서 이를 잘 보조하였기에 업적을 달성하고도 여유가 있었던 것이다.

지금 우리 나라는 경상도만한 땅이 여덟이나 되는데 평시에 한 사람에게 나누어 주는 녹봉이 겨우 곡식 한 섬에 불과하며 중국 칙사가 하나라도 오게 되면 경비가 부족하여 야단법석들이다.

나라가 태평하고 큰일이 없은 지가 이미 100여 년이나 되건만 조정에서는 그 동안 정벌을 떠나거나 순유(巡遊)하는 일도 없었고, 백성들이 그렇다고 호화롭고 사치하게 사는 그런 시절이 있었는지 한 번도 보지를 못했다. 그런데도 불구하고 나라가 점점 더 가난해지는 원인은 어디에 있는 것인가?

그 까닭을 나는 이렇게 말하고 싶다.

남들이 곡식을 세 줄 심는 면적에 우리는 두 줄을 심으니, 사방 천 리에 큰 면적을 가졌다 하더라도 이용하는 면적은 6여 리밖에 안 되는 셈이다.

또 남들은 하루갈이 면적에서 곡식 5, 60섬을 수확하는데, 우리는 겨우 20여 섬밖에 수확을 하지 못하니 그나마 6백여 리의 면적이 2백여 리로 줄어드는 것이나 마찬가지가 되는 꼴이다.

또 남들은 종자를 10분의 5만 뿌리는데, 우리는 10분의 10을 뿌리므로 한 해를 더 뿌릴 수 있는 곡식을 잃는 결과를 빚고 있다.

또 배와 수레 · 궁실(宮室) · 기구(器具) · 축목(畜牧)에 관한 기술을 전혀 연구하지 않기 때문에, 이를 전국적으로 환산해서 계산해 보면 백 배나 되는 이익을 잃고 있는 셈이 된다.

횡적으로 토지에 대한 것만 계산해도 이와 같은데, 종적으로 백 년만을 계산한다 하더라도 잃는 것이 얼마나 되는지 알 수 있을 것이다.

천시(天時) · 지리(地利) · 인사(人事)를 잃고 있으니 지역이 비록 사방으로 천 리라 해도 실지로 이용하는 면적은 백 리에 불과한 것이다. 이런 점에서 보더라도 신라의 생활이 우리보다 백 배나 윤택하였다는 것을 알 수 있을 것이다.

이제 시급히 요청되는 것은 경륜(經綸)이 있고 재주 있는 사람을 뽑아서 해마다 10사람씩 중국에 사신 보낼 때 통역관 중에 끼어 넣어 이들을 통솔하여 가도록 해야 할 것이다.

옛날 질정관(質正官)의 예와 같이 중국의 법을 배우게 하고 혹은 기구도 사오게 하며 또 그들의 기예도 배우도록 해야 할 것이다.

그리하여 그들이 배워 온 것을 나라 안에 알려 관청을 설치한 후 강력하게 후원을 하여 이를 실천에 옮기도록 해야 할 것이다. 그런 후에 그들 개개인이 배워 온 것의 규모와 효용 가치의 허실을 살펴 그에 따라 상을 주거나 벌을 주어야 할 것이다.

한 사람을 세 차례씩 들여보내되 별로 효과가 없는 자는 빼고 다시 선발하여 보내야 할 것이다. 이처럼 하게 되면 10년 이내에 중국의 기술을 배울 수 있을 것이다. 이렇게 되면 사방 천 리가 사방 만 리의 구실을 하게 될 것이고, 과거 3, 4년 동안 수확할 수 있는 양의 곡식을 1년 만에 수확할 수 있게 될 것이다.

이처럼 하면 재물과 조세가 넉넉하여 나라의 비용에도 부족함이 없게 될 것이다.

사람마다 비단을 입고 집의 벽에다 금칠을 하여 꾸미며 여러 사람이 함께 어울려 즐기느라 겨를이 없을 정도가 될 것이다. 이렇게만 된다면 백성들이 사치한다고 걱정할 필요가 전혀 없게 될 것이다.

내가 전에 지은 시가 있어 내 마음을 대신해 본다.

> 신라는 해안에 있는 나라
> 그 땅은 현재의 팔분의 일,
> 고구려는 좌측에서 침략해 오고,
> 당나라는 우측에서 쳐들어 오네.
> 그러나 창고의 곡식이 여유가 있어,

군량으로 부족하지 않다네.
왜 그런지 자세히 살펴보니,
배와 수레를 이용했기 때문일세.
배는 능히 외국과 통할 수 있고,
수레는 말과 나귀를 편토록 만들어졌네.
따라서 우리도 이 두 방법을 이용하지 않으면,
관중과 안영[2]이라도 소용이 없을 듯하네.

땅을 파서 황금을 얻어도,
만 근의 금만으로는 굶어 죽을 수밖에 없네.
바다에 들어가 구슬을 캔다한들,
구슬 백 섬을 개똥과 바꿀 수 있겠는가?
개똥은 땅에 거름이라도 쓸 수 있건만,
그런 구슬은 무엇에 쓸 것인가?
땅에서 수확한 물건들이 연경과 통하지 못하고,
바다 상인들이 왜국(倭國)에 가질 못하니,
마치 들판 가운데 있는 우물 같아서,
이를 퍼내지 않으면 말라 버리는 꼴이네.
백성 편안케 하는 것이 보물에만 있는 것은 아니니,
삶이 나날이 옹졸해지는 게 아닌가 걱정만 하네.
검소함이 지나치면 백성이 즐겁지 아니하고,
살림살이 고달프면 도둑만 늘어 간다네.

❈

1) 호궤 : 군사에게 술과 고기를 주어서 위로하는 일.

2) 안영 : 전국시대 제나라의 정승으로 나라를 중흥시킨 인물.

강남 · 절강과의 통상을 제의하는 글〔通江南浙江商議〕

우리 나라는 나라가 작고 백성들이 가난하다. 이제 농민에게 밭을 가는 일에 게으름을 피우지 않게 하고 국가에서는 인재를 등용하고 상업이 잘 유통될 수 있도록 하며, 공업을 발전시킬 수 있도록 혜택을 주어 나라 안에서 얻을 수 있는 이익을 총동원한다 한들 부족함을 면하기가 어려울 듯하다.

그렇기 때문에 먼저 먼 지방의 물자가 잘 유통될 수 있도록 해야 하고, 그런 다음에야 재물을 늘리고 온갖 도구들을 생산할 수 있을 것이다.

일반적으로 수레 백 차에 싣는 양이 배 한 척에 싣는 것에 미치지 못하고, 육로로 천 리를 가는 것이 뱃길로 만 리를 가는 것보다 편리하지 않다. 그러므로 통상을 하려는 자는 물을 이용하기를 좋아하는 것이다. 우리 나라는 삼면이 바다로 둘러싸여 있는데, 서쪽으로는 중국의 등래(登萊)와 직선으로 6백여 리 거리이고, 남해의 남쪽은 오(吳)지역의 입구와 초(楚)지방의 끝과 마주하고 있다.

송나라 때 배로 고려와 교류할 때에 명주(明州)에서 7일이면 예성강(禮成江)에 닿았다 하니 가깝다고 할 수 있다. 그러나 조선조 4백 년 동안에 딴 나라 배가 한 척도 오지를 않았다.

어린아이가 손님을 보면 수줍어 하여 우는 것은 천성이 그래서 그러는 것이 아니다. 다만 처음 보기 때문에 낯설어서 우는 것이다.

우리 나라 사람은 의구심이 많고 두려움이 많으며, 풍속은 교양이 없어 무지하고 서투르며 미개하기 때문에 그러는 것이다.

일찍이 차(茶)를 실은 배 한 척이 남해에 표착한 적이 있는데, 그 후로 전국에서 차를 10년이나 마셨는데도 오늘날까지 남아 있는 것을 볼 수 있다.

어떤 물건이든지 그렇지 않은 것이 없을 것이다.

지금은 면포를 입고 백지에 글을 써도 물자가 부족한 실정이지만, 배로 무역을 하게 되면 비단옷을 입고 죽지(竹紙)[1]에 글을 써도 물자가 남아돌아갈 것이다.

지난날 왜국(倭國)이 중국과 무역하기 이전에는 우리와 교류하여 연경의 실을 사갔는데, 이때 우리 나라 사람들이 거간이 되어 이익을 보곤 하였다. 그러나 왜국 사람들이 이렇게 하는 것이 이롭지 않음을 알고부터는 중국과 직접 교류하게 되었다.

왜국은 그 외에도 30여 나라와 교역을 하고 있다.

그들은 중국말을 잘하여 가끔 천태산(天台山)[2]과 안탕산(雁蕩山)[3]이 얼마나 기이한지를 말하곤 하였다.

천하의 진기한 물품과 중국의 골동품과 서화(書畵)가 나가사키(長崎)[4]에 폭주하여 다시는 우리에게 중국과 교류하기 위해 거간해 주기를 요청하지 않으려 한다.

계미(癸未)년에 통신사[5]가 일본에 들어갔을 때 서기(書記)가 우연히 중국 먹을 요구하였더니 잠시 후 먹을 한 짐이나 가지고 들어왔다.

또 하루 종일 가는 길에 붉은 융단을 깔았는데, 그 다음날도 계속 이와 같이 하였다고 한다. 자기 나라의 자랑을 이렇게 했던 것이다.

자기 나라를 부강하게 하고 싶지 않은 사람이 있겠는가마는 도대체 그 방법을 왜 남에게 양보만 하고 자기는 바라만 보고 있는 것인가?

이제라도 선박으로 통상을 하려고 한다면 왜국은 간사하기 때문에 항상 이웃 나라를 넘보므로 그들과 통상하지 않는 것이 좋을 듯하고, 안남·유구·대만 등지는 모두 험하고 멀어서 통상을 제대로 할 수가 없으니 오직 마땅한 곳은 중국밖에 없다고 본다.

중국은 태평성대하게 백여 년을 지내왔으며 우리 나라에 대해 공손하고 별다른 뜻을 갖고 있지 않는 나라로 여기고 있으니 좋은 뜻으로 "일본·유구·안남·서양 나라들이 모두 복건성 중부지역·절강성·교주(交州)·광동(廣東) 등 지역과 교역을 하니 우리도 그들

여러 나라와 같이 교역할 수 있기를 원한다"라고 말한
다면 저들은 반드시 별 의심없이 허락할 것이다.

요즈음 황해도에 와서 정박하는 황당선(荒唐船)은 모
두 광녕(廣寧) 각화도(覺花島)의 백성들인데, 항상 4월
에 와서 해삼을 잡아 가지고 8월에 돌아가곤 한다.

이를 이왕에 금지시키지 못할 바에는 그대로 시장을
벌이도록 하는 것이 좋을 듯하고, 이들에게 뇌물을 후
하게 주어 그들의 선박 제도를 가르쳐 달라고 하면 그
다지 배우기가 어렵지 않을 것이다.

그리고 나라 안의 재주 있는 공인들을 불러 모아서
배를 만들도록 하고, 그리하여 견고하며 치밀하게 만
드는 것이 중국과 같도록 힘을 쓰도록 하면 우리도 좋
은 배를 건조할 수 있을 것이다.

또 일찍이 표류한 사람과 대청도(大靑島)・소청도(小
靑島)・흑도(黑島) 등의 백성들을 불러 모아 이들 중에
서 유능한 자를 선발하여 물길을 인도하게 하고 중국
에 가서 상선을 초빙하면 되는 것이다.

그리하여 해마다 10여 척의 배를 한두 번씩 전라도
와 충청도 사이, 그리고 서울 한강 입구에 정박토록
한다. 그리고 외국의 선박을 수비하는 보루(堡壘)를
엄중히 설치하여 갑작스런 변고를 미연에 방지토록
한다.

배에 올라서 교역을 할 때에는 시끄럽게 굴거나 물
건을 날치기하는 것을 막아 외국인에게 조소와 업신여

김을 받지 않도록 해야 할 것이다.

또 선주를 손님 접대하는 예로서 후하게 대접하기를, 예전 고려시대 사람들이 하는 식으로 한다면, 저들은 우리가 구태여 초청하지 않더라도 기다리지 않고 스스로 찾아올 것이다.

그러는 사이에 우리는 기술을 배우고 그들 나라의 풍속을 알아내어 백성들의 견문을 넓혀 주게 되면 천하가 얼마나 큰지 알게 될 것이고, 그 동안 우물 안 개구리였다는 사실을 알고 부끄러움을 알게 될 것이므로, 이처럼 외국인과의 교류는 통상에서 얻는 이익 외에도 세상이 나아가는 도를 깨우쳐 주는 데도 많은 도움을 줄 것이다.

토정(土亭)이 일찍이 다른 나라 상선 몇 척과 통상하여서 전라도의 가난함을 구제하고자 하였으니, 그의 식견이 높음을 우리가 따라갈 수가 없을 정도다.

《시경(詩經)》에 "내가 옛 사람들을 생각해 보니, 실제로 내 마음이 어떤지를 알겠다(我思古人 實獲我心)"라는 말이 있다.

강소(江蘇)·절강(浙江)과 통교하지 못하게 되면 우선은 요양(遼陽)의 배와 통교해도 좋을 것이다.

요양에서 압록강까지는 철산(鐵山) 한 모퉁이를 사이에 두고 있는 정도의 거리이므로, 이 거리는 전라도에서 경상도로 가는 정도밖에는 안 된다. 이는 모재(慕齋)[6]가 연경(燕京)의 태학(太學)에 입학할 수 없으면 요동학궁(遼東學宮)이라도 입학하려던 뜻과 같은 것이다.

　오직 중국의 배만 통하게 하고 해외의 다른 나라와는 통하지 않게 해야 한다는 말은 일시적인 책략이지 정론(定論)은 아니다. 이제 앞으로 국가의 힘이 강해지고 백성들의 생업이 안정되게 되면 차례차례 이들과 통교하는 것은 지극히 당연한 일이다.

박제가 씀

❀

1) 죽지 : 중국에서 만든 얇은 종이인데, 죽엽지(竹葉紙)라고도 함.
2) 천태산 : 중국 절강성 차태현 북쪽에 있는 산.
3) 안탕산 : 천태산 남쪽에 있는 산으로, 천태산과 더불어 신선이 노는 산이라고 알려져 있음.
4) 나가사키 : 일본 규슈 서쪽에 있는 항구로 일본 도쿠가와 막부시대에 해금정책을 실시하면서도 외국과의 통상을 위해 유일하게 개항장으로 사용했던 항구로, 일본 근대화에 중요한 구실을 함.
5) 통신사 : 임진왜란 이후 조선과 일본 정부 사이에 국교가 단절되었는데, 이후 일본측의 사과로 양국간에 통교가 재개되면서 조선측에서 일본으로 비정기적으로 보낸 사절단.
6) 모재 : 김안국(金安國)의 호. 성종(成宗) 때부터 중종 때까지 벼슬을 지냈으며 성리학에 밝았고 농사와 학문에도 조예가 깊었던 인물.

병론(兵論)

군사에 관한 일이란 반드시 백성들의 일상 생활과

관련시켜 놓은 다음이라야 모든 일이 미리미리 준비될
수 있고 허비(虛費)하는 일이 없다.

수레(車)는 군사를 위한 것은 아니지만 수레를 사용
하면 치중(輜重 : 군수품)이 저절로 옮겨지고, 벽돌도 군
사를 위한 것은 아니지만 벽돌을 이용하면 온 나라에
성곽(城廓)이 갖춰질 수 있다.

온갖 공인(工人)의 기예와 목축(牧畜)도 군사만을 위
한 것은 아니다. 그러나 삼군의 말(馬)과 전투하는 기
계가 제대로 구비되지 않고 또 예리하지 않으면 군사
라고 할 수 없다. 그러므로 문루(門樓)와 망대, 그리고
창과 방패로써 치고 찌르는 것은 군무(軍務)로서는 말
단(末端)의 일에 해당하는 것이고, 나라 안에 있는 재
능 있는 사람과 쓰기에 편리한 기계야말로 군무의 근
본이다.

우리 나라 사람은 빈 말은 잘해도 실제로 행동하는
데는 모자라며, 눈앞의 계획에는 열심히 수고해도 전
반적인 일에 대한 이해는 캄캄한 것이 일반적이다. 비
록 현(縣)마다 장정을 점고(點考)하느라 지칠 지경이
고, 주(州)마다 군졸(軍卒) 훈련시키기에 시달린다고
해도 아무런 효과도 없으며, 공연히 날마다 나라 안의
화약(火藥)만 허비할 뿐이다.

큰 나라를 섬기고, 이웃 나라와 교제를 하는 사신의
행차가 길게 이어져 있으나 다른 나라의 훌륭한 제도
는 결국 한 가지도 배워 오지 못하는 자들이 도리어

왜놈, 되놈 하며 비웃으며 천하 만국(萬國)이 다 우리
와 같다고 믿으니 얼마나 한심한 일인가?

이러는 와중에 우리는 첫번째로 임진년에 패전(敗戰)
하고, 두번째로 정축년에 침략을 당했다. 이런 형편이
니 구대(九代)의 원수와 평성(平城)의 수치(羞恥)[1]에 대
하여 지금까지도 거론(擧論)하지 못한 것이 하나도 괴
이할 것 없다.

일찍이 나는 진법(陣法)을 연습하는 것을 보았다. 적
(敵)으로 분장(扮裝)한 자들이 너무나 느슨하고 약해서
사로잡기에 쉬웠는데, 하는 짓들이 어찌나 경망스러웠
던지 가소롭기 그지없었고, 마치 아이들 장난과도 같
았다.

지금 우리 나라 군사 제도는 순번대로 올라오는 것
과, 관(官)에서 군기(軍器)와 갑옷을 급여(給與)하는
것이 대략 당(唐)나라의 부병(府兵) 제도와 같다.

좋은 제도가 아닌 것은 아니지만, 남의 칼로써는 반
드시 끊을 수 있는 것을 우리 칼은 쉽게 무디어져서
끊지를 못하며, 남의 갑옷은 뚫어지지 않는데 우리 갑
옷은 쉽게 뚫어지니 이것은 쇠[鐵]를 단련하는 데에 잘
못이 있기 때문이다.

남의 담벼락은 모두 견고한데 우리 성곽(城郭)은 완전
하지 못하니 이것은 벽돌이 없기 때문이며, 남의 활[弓]
은 비가 와도 탈이 없는데 우리 활은 한 번만 불에 잘못
쪼이어도 쓸 수 없으니 이것은 활이 잘못된 것이다.

적군(敵軍)은 말을 달리고 수레를 타며 예기(銳氣)를
돋우는데 우리는 다리 힘이 벌써 빠져서 고달픈데다
짐이 무거워서 싸울 수가 없다.

이런 점을 미루어 보면 다른 일도 그렇지 않은 것이
없다. 만일 급한 일이라도 일어나면, 비록 백 갑절의
힘을 소비하더라도 무익(無益)할 것이니, 이것은 미리
준비하지 않은 과실이다.

무릇 군사란 정예(精銳)로운 것이 가장 중요한 것이
지 수효만 많이 하는 것에 힘쓰는 게 좋은 것이 아니
다. 지금 목사나 수령(守令)이 자기가 맡은 고을에 있
는 호적상(戶籍上)의 장정 수효를 다 알지 못하고, 비
록 안다 하더라도 병역(兵役)을 담당해야 할 장정이 혹
벌열(閥閱)²⁾ 집안의 종이 되거나, 혹은 토호(土豪)들의
집에 숨을 때 수령은 그들의 세력을 두려워하고 꺼려
하여 능히 밝혀 내지 못하고 우물쭈물하면서 검거하지
못하는 형편이다. 임시변통으로 다른 사람을 대신 선
별하여 그 숫자를 채우고는 조련(操鍊)하는 시기에 맞
추어 보내고, 조련이 끝나는 날을 기다리다가는 자기
가 맡은 고을에 실수가 없다는 것을 평가받으면 아주
큰 다행으로 여기곤 하는 실정이다.

이런 형편이니 문서는 비록 갖추어졌으나 군사로 보
낸 사람의 실제 수효는 알 수가 없다. 또 보낸 사람
중에 실제로 전쟁을 감당할 만한 사람은 열에 두셋이
못 되며, 투구와 전립(戰笠)·병기를 완전히 갖춘 자는

더구나 볼 수 없으니, 이렇다면 군사가 비록 백만이라 하더라도 반드시 패할 것임을 나는 알 수 있다.

내가 중국 호미〔鋤〕를 보니 서서 사용하는 호미로서 중국 땅 어디를 가도 호미 자루의 길이는 서로 같고 날이 매우 날카로웠다. 또 집마다 기르는 말이 열 마리 이상이니 꼭 다른 말을 보충하지 않더라도 넉넉하다. 사람들이 제가 기르는 말을 타고 호미만 들고 나오더라도, 우리 군사는 바람에 풀이 쓰러지듯 쉽게 쓰러질 것이다.

당면(當面)한 계책(計策)으로는 급히 수레를 만들어 이를 이용할 수 있도록 하여야 하고, 벽돌을 만들며 목축을 잘하도록 하며, 각 지방별로 지방의 재정을 강화하도록 권장하며, 여러 가지 공업 기술을 감독하여 확실히 해야 한다. 그런 다음에 병정 수효를 감축(減縮)하여 급료(給料)를 주며, 그들에게는 부세(賦稅)를 면제해 주면 전에 도망쳤던 자들도 반드시 돌아올 것이며, 남에게 의탁하였던 자도 반드시 자원(自願)해 올 것이다.

이렇게 되면, 이전에 열 사람을 보내던 것을 앞으로는 한 사람만 뽑아서 보내도 정병(精兵)이 7, 8만 명은 될 것이니, 일시적으로 천하에 뜻을 펼 수는 없을지라도 자기 나라를 지키기에는 넉넉함이 있을 것이다.

십분의 구를 감하더라도 군사를 정예화시키면 그 힘이 백 배는 될 것이니, 이것은 수고하지 않고서도 얼을 수 있는 이로움이다.

❋

1) 평성의 수치 : 한 고조(漢高祖)가 흉노(匈奴)를 공격하다가 평성에
   서 이레 동안이나 포위당했음.
2) 벌열 : 나라에 공로가 많고 벼슬을 많이 한 권세 있는 집안.

장론(葬論)

우리 나라 학문은 정주학설(程朱學說)[1]을 종통(宗統)
으로 하였고 불교(佛敎)는 있어도 도교(道敎)는 없다.
그러므로 바른 학문이 성하고 이단(異端)은 거의 없다.
오직 풍수설(風水說)[2]이란 것이 불교나 노자학설(老子
學說)[3]의 해독(害毒)보다 더 심하여, 사대부(士大夫)들
도 이에 쏠리고 있는 형편이 되어 이제는 하나의 풍습
으로 되었다.

장사(葬) 지내기를 후히 하는 것을 효도라 하며, 산
소 꾸미는 것만을 일삼으니 서민(庶民)들도 이를 본받
는다. 그리하여 허리에 자오침(子午針)[4]을 찬 사람은
천리 길을 나서도 길양식을 갖고 다니지 않는다.

전라도(全羅道) 일대가 근심스러울 정도로 나쁜 버릇
에 물들어 있어서 열 집이면 아홉 사람이 지관(地官)[5]
노릇을 한다. 이미 백골이 된 어버이를 두고, 자기 운

수의 좋고 나쁨을 점치고자 하니 그 심보가 고약하기 그지없다.

더구나 남의 산을 빼앗고, 남의 상여(喪轝)를 부수는 것은 옳은 일이 아니고, 묘사(墓祀)를 시제(時祭)[6] 보다 더 성대(盛大)하게 지내는 것은 더더욱 예(禮)가 아니다.

살림을 몽땅 없애고 해골을 수습하지 못하면서 요행으로 잘되기를 바라서 법에 맞지 않는 짓을 하는 것은 일일이 말하지 않아도 충분하리라 본다.

백성의 생업(生業)이 안정되지 못하고 송사(訟事)가 번거롭게 일어나는 것은 바로 장사(葬師)의 책임이다.

지금 사람들이 장례를 다시 치르는데, 장사가 묘 속으로 수맥이 있다느니, 곡식 껍질이 있다느니, 관(棺)이 뒤집혀 있다느니, 시체가 없어졌다느니 하는 말을 하면, 그런 사람에게는 영험(靈驗)이 있다고 칭송하지 않는 자가 없다. 그러나 이러한 일들은 땅속에 예사로 있는 일이고 화복(禍福)과는 조금도 관계없다는 것을 사람들은 전혀 모른다.

천양(泉壤 : 구천) 아득한 곳에서 떠도는 기체(氣體)가 사라지기도 하고 늘어나기도 하는 것과 물질이 변화하여 엉켜 이루어지는 것이 그 무엇인들 이르지 않는 것이 있겠는가?

지금 영화롭고 부귀한 집들도 조상의 무덤을 파보지 않았기에 그렇지, 만일 그런 집들도 무덤을 파본다면

반드시 몇 가지 걱정스러운 일은 있을 것이다. 또 가
난하거나 후손(後孫)이 없는 집안의 무덤을 파보아도
종종 길(吉)한 기운이 엉키어서 흩어지지 않는 일도 있
게 마련이다.

예전의 글을 보면 "옛적에는 묘(墓)를 수축하지 않는
다"고 하였다. 땅 위에 있는 사람이 땅속 일까지 의심
한다면 천하에 안전한 무덤이 어찌 있을 것인가?

효자(孝子)와 어진 사람이라면 그 누구도 이런 일에
궁금해 하지 않을 수 없을 것이다.

그러나 수장(水葬)·화장(火葬)·조장(鳥葬)·현장(懸
葬)을 하는 나라에도 또한 인류(人類)가 있고 임금과
신하도 있다. 그런 점을 보면 오래 살고 일찍 죽는 것
이나, 팔자가 궁하고 좋은 것이나, 집안이 흥하고 망
하는 것이나, 살림이 가난하고 부한 것은 자연스런 하
늘의 도에 의해서 운명지어 지는 것이고, 이는 또한
개인마다의 행동에 관계되는 것이다. 장사 지낸 터가
좋다 나쁘다 하는 것과 관련시켜서 논란할 문제가 아
닌 것이다.

요동과 계북[7]의 들녘을 보면, 모두가 밭에다 장사
지냈는데 한없이 넓은 들에 봉긋봉긋한 것이 서로 비
슷하며, 애초부터 청룡(靑龍)·백호(白虎)[8]며 사격(砂
格)[9]·진혈(眞穴)[10] 등을 따지며 묘를 쓴 것은 하나도
보이지 않는다.

시험삼아 우리 나라 지사(地師)에게 이곳에 와서 묘

터를 잡게 한다면 호호망망(浩浩茫茫)하여서, 평소에
공부하였던 것을 바꿔야 할 것이니 장사 지내는 일에
대하여 한 가지로서만 논할 수 없음이 이와 같다.

지금 사주(四柱)를 말하는 자는 천하 일을 모두 사주
팔자로 돌리고, 상법(相法)을 말하는 자는 천하 일을
다 관상법에다 돌리며, 무당(巫)은 무술(巫術)에다 돌
리고, 지관은 장사 지내는 데에 돌리는바, 어떤 방술
(方術)이든지 다 그렇지 않은 것이 없으니 같은 사람의
일을 꼭 누구에게 맡겨야 한단 말인가?

좌도(左道)[11]란 믿을 수 없음을 여기에서도 알겠다.
학식(學識) 있는 사람이 중요한 지위를 맡으면, 당연히
풍수쟁이들의 문서(文書)를 불사르고 풍수쟁이 노릇하
는 것을 금하여, 백성들에게 길흉(吉凶)과 화복(禍福)
이 장사(葬事) 지내는 것과는 관계없음을 알게 해야 할
것이다.

그런 후에 각 고을마다 산지(山地) 한 곳씩 택하여,
백성에게 그 씨족(氏族)의 내력을 밝혀, 씨족끼리 장사
하게 하기를 중국의 북망산(北邙山)[12] 제도처럼 하면
좋을 것이다. 만약 자기 고을에 적당한 곳이 없으면
이웃 고을 지역의 백 리 안쪽에다 정하도록 하면 될
것이다.

장사 지내는 날은 가리지 않으며, 하관(下棺)할 땅
속에는 회(灰)를 굳게 쌓고, 비석(碑石)과 지석(誌石)
을 세워 자세히 기록하게 한다.

이와 같이 한다면 사대부들이 산지 때문에 서로 다 툰다든가 빼앗는 일은 저절로 그칠 것이고, 부자들이 묘터를 넓게 차지하는 것도 쉽게 금해질 것이다. 그러나 잊지 않아야 할 것은 오직 정씨(程氏)가 말한 다섯 가지 염려[13]일 것이다.

어떤 사람은 천문(天文)에 대한 말을 억지로 끌어다가 지리(地理)에 맞추기도 하나, 옛날에 말한 지리는 모두 경치와 지세가 좋은 것만을 말한 것이고 화복(禍福)을 말한 것이 아님을 알지 못하고 있다. 임금이 나라를 세운 다음, 도시를 건설하려면 반드시 그곳 산들이 서로 감싸안고 있는지, 배와 수레가 모여들기에 편리한 곳인지 등 천하의 정세를 살펴서 결정한다.

《시경(詩經)》에, "그 땅의 둔덕과 습지(濕地)를 살피며, 응달과 양지를 헤아린다(相其原濕 度其陰陽)"라는 말은 지형(地形)을 살펴야 한다는 말이다.

무릇 풍수설(風水說)이 근거 없다는 것은 고금의 명유(名儒)들이 이미 상세하게 말한 바 있으며, 동시에 《독례통고(讀禮通考)》[14]에 잘 나와 있으므로 여기서는 다시 말하지 않겠다.

❄

1) 정주학설 : 정이와 주희의 학설. 모두 공자의 학문을 계승하고 발전시켰음.
2) 풍수설 : 음양오행설(陰陽五行說)을 근거로 하여, 묘터 또는 집터를 정하는 학설.

3) 노자학설 : 주대(周代)의 철학자 이담(李耼)의 학설로서 자연법칙에 기초를 둔 도덕(道德)의 절대성을 역설함.

4) 자오침 : 지남철.

5) 지관 : 풍수설에 의하면 묘터나 집터를 정하는 사람. 지사(地師) · 풍수(風水) · 장사(葬師) 등은 모두 지관과 같음.

6) 시제 : 4계절 중의 중간 달인 2 · 5 · 8 · 11월에 사당에서 제사지내는 일.

7) 계북 : 중국 직예성(直隷省)의 계주.

8) 청룡 · 백호 : 십이간지(干支) 중에 청룡은 동쪽을 맡은 신이고 백호는 서쪽을 맡은 신이라 함.

9) 사격 : 한 곳을 중심으로 주위에 보이는 산.

10) 진혈 : 바른 자리. 묘터나 집터로 꼭 좋은 자리라는 뜻.

11) 좌도 : 정당하지 못한 도.

12) 북망산 : 중국 하남성(河南省) 낙양현(洛陽縣) 북쪽에 있는 산인데 그곳에는 귀한 사람들의 무덤이 많이 있음. 우리 나라에서는 공동 묘지를 북망산이라 하기도 함.

13) 정씨의 다섯 가지 염려 : 장사하는 곳으로는 후일에 도로(道路)로 되지 않을 곳, 성곽(城郭)터에 들지 않을 곳, 도랑이나 못으로 되지 않을 곳, 세도(勢道) 있는 자에게 빼앗기지 않을 곳, 전답(田畓)으로 개간되지 않을 곳이라야 함. 《二程全書》

14) 《독례통고》 : 청나라의 서건학(徐乾學)이 지은 책으로서 여러 가지 예도(禮度)를 분류하여 편찬되었음.

연 보

1750년   11월 5일 한성(漢城)에서 우부승지
       (右副承旨) 박평(朴坪)의 서자(庶子)
       로 태어남.

1765년   시(詩)·서(書)·화(畵)로 이름을
       날림.

1769년   자신의 시집을 엮음. 이즈음부터 북
       학론자 박지원, 이덕무, 유득공, 이
       서구, 서상수 등과 교유(交遊).

1778년   이덕무와 함께 사은사 유제공을 따
       라 연경에 들어감. 연경에서 여러
       중국의 학자들과 만나 교유하고, 발
       달된 문물을 관할하고 돌아와《북학
       의》를 지음.

1779년   규장각(奎章閣)의 검서관이 됨. 그
       후 14년 동안 근무하면서 각종 책을
       편찬 출판하고 내각의 장서를 두루
       읽어 지식을 넓힘.

1786년   〈북학론〉을 상소함.

1790년   정월 유득공과 함께 진하사 황인점
       을 따라 연경으로 가서 여러 청나라
       학자들과 교유하고, 9월에 귀국. 다
       시 정조의 특명으로 군기시정의 직
       함으로 동지사를 따라 또 연경에 다
       녀옴.

1792년   검서관을 사직하고 부여현감이 됨.

1794년   2월 무과별시에 장원으로 급제, 오

위장이 됨.

1795년 영평 현령으로 부임.

1798년 왕지에 응하여 진소본 《북학의》를
올림.

1801년 2월에 《주자서》 선본을 구하기 위
하여 유득공과 함께 사은사를 따라
연경에 다녀옴. 이 해에 신해사옥
이 일어나 흥서 사건에 관련되었다
하여 종성으로 유배당함.

1804년 2월 귀향(歸鄕) 명령을 받음.

1805년 3월 완전 석방됨.

4월 20일 세상을 뜸.

▨ 옮긴이 소개

1955년 경기도 안성 출생.
동국대학교 사학과, 대만 국립정치대학 역사연구소 졸업.
일본 국립규슈대학 문학연구과 동양사학 전공, 문학박사.
동국대 · 성신여대 · 총신대 강사 엮임.
현재 국민대 한국학연구소 소장. 동아시아 미래 연구소 소장.
역서《나의 아버지 모택동》《모택동 선집》《한국통사》
    《삼민주의》《일본 자본주의의 정신》《건건록》
    《등소평 문선》《근대한국과 일본》《역사소품》 등이 있음.

북학의

초판 1쇄 발행 / 1995년 10월 30일
초판 2쇄 발행 / 1999년 6월 20일
 2판 1쇄 발행 / 2004년 3월 20일
 3판 1쇄 발행 / 2008년 10월 30일
 4판 1쇄 발행 / 2015년 4월 25일

지은이 / 박 제 가
옮긴이 / 김 승 일
펴낸이 / 윤 형 두
펴낸데 / 범 우 사

등록번호 / 제406-2003-000048호
등록일자 / 1966년 8월 3일
주소 / 413-120 경기도 파주시 광인사길 9-13 (문발동 525-2)
전화 / 대표 031-955-6900~4, 팩스 / 031-955-6905

ISBN 978-89-08-06145-3 04800   (인터넷)www.bumwoosa.co.kr
     978-89-08-06000-5 (세트) (이메일) bumwoosa@chol.com

범우사 www.bumwoosa.co.kr TEL 02)717-2121

온고지신(溫故知新)으로 희망찬 21세기를!

**현대사회를 보다 새로운 시각으로 종합진단하여
그 처방을 제시해주는**

범우사상신서

▶ 계속 펴냅니다

 **범우사** 서울시 마포구 구수동 21-1호. 전화 717-2121 FAX 717-0429
http://www.bumwoosa.co.kr (천리안·하이텔 ID) BUMWOOSA

박제가(1750~1805)

조선후기의 실학자.
본관은 밀양. 호는 초정, 위항도인.
어려서부터 시·서·화에 뛰어난 재능을 보였으며,
문명(文名)을 청나라에까지 떨쳤다.
실학자들과 교유하여 '북학파'라 명명되기도 했으며,
청나라에 다녀온 뒤 《북학의》를 저술하였다.
그 특유의 시풍과 문장은 물론 글씨와 그림까지도
후세에 많은 영향을 주었다.
이 밖의 저서로 《정유집》《정유시고》《명농초고》
등이 있다.

값 4,900원

04800

9 788908 061453

ISBN 978-89-08-06145-3
ISBN 978-89-08-06000-5 (세트)